審査員は、長州小力（タレント）、夜住アンナ（美人過ぎるお化け屋敷プロデューサー）、山田雅史（映画「黒看」監督）、西浦和也（怪談蒐集家）他、二名。

翌週の二十六日、十三名により大阪予選行われる。

出場者は以下。

いたこ28号、宇津呂鹿太郎、梅木（ハニートラップ）、N（怪談看護師）、おかぴー、神原リカ、さる（怪談自虐テロリスト）、シャカ谷（ロッテンダ）、田中俊行、Bugって花井、松原タニシ、三浦たまの、リップ（怪談Rocker）。

審査員は、角由紀子（トカナ編集長）、小林タクオ（ロストプラスワンウエスト店長）、西浦和也（怪談蒐集家）他、二名。


両会場ともに観客の熱気に包まれ、演者のプライドをかけた熱戦が繰り広げられ、厳正なる審査の結果、両予選から四名ずつの勝者がファイナリスト決定戦に向かう。

東京予選から、ぁみ、響洋平、山口綾子、伊山亮吉。

大阪予選から、いたこ28号、松原タニシ、Bugって花井、田中俊行。

予選突破者八名に、シード選手として参加の三木大雲と桜金造の二名がファイナリスト決定戦に登壇。

この中より四名、いたこ28号、響洋平、ぁみ、三木大雲が準決勝へコマを進め、決勝戦で激突したのは、ぁみと三木大雲である。

初代最恐位「怪凰」を目指し、両者ほぼ互角の戦いを見せた頂上対決——勝利の女神が微笑んだのはどちらなのか?

本書ではその熱戦の様子を抜粋してお届けする。

「怪談冬フェス」実行委員会

目次

第1章
東京予選
2018年8月19日 at ロフト9渋谷

11月24日の本選を目指し、一次審査を通過した16人がエントリー。
真夏の渋谷で、白熱の怪談バトルが繰り広げられた。
激戦の結果、ぁみ、響洋平、山口綾子、伊山亮吉の4名が本選に駒を進めた。

【エントリー選手】
あこうテック（ちぐはぐ）
ぁみ（ありがとう）★①
伊山亮吉★④
大赤見展彦
おおぐろてん
大島てる
ガンジー横須賀
空閑雄太（バイオニ）
匠平
響洋平★②
本田あやの（本田兄弟）
マリブル
山口綾子★③
やまげら
悠遠かなた
ロコ沢井

★が予選通過。数字は予選通過順位。

【審査員】
長州小力（タレント）
夜住アンナ（美人過ぎるお化け屋敷プロデューサー）
山田雅史（映画「黒看」監督）
西浦和也（怪談蒐集家）
他、二名

横で寝ている彼女

ぁみ

僕は、普段から見えたりとか、感じたりとか、そういったことはありません。でも、そういった人でも、場所やタイミングによっては、やはりそういう体験されたりする事もあるみたいなんですよね。

例えば、それこそ病院だったりとか、今もちょうど話題に出ましたホテルなんかもね、人の念とか情とか多数行き交う場所なんで、そういった場所にはちょっとお気をつけくださいという話がありまして――。

この話をしてくださった男性なんですけども、付き合ってた彼女さんと都内のとある繁華街で待ち合わせをして、飲みに行ったんです。久しぶりに会ったということもあって、かなり盛り上がりまして、お互いに「ちょっと、今日は帰りたくない」ってノリになったんですね。

じゃあじゃあ泊まろうかってことでホテルへ。

いくつか建ち並んでいる中から適当に選んだホテルへ入りました。受付で料金を払い、鍵を受け取って、自分たちのフロアまで上がってって、部屋の扉をガチャっと開けるんですね。

で、開けるとですね、入ってすぐの左側に洗面台があるんです。で、そのそばにドアがあって、お風呂場やお手洗いがそこにある。そして、反対側の右側を見ると、大きくスペースが広がっていまして、そこにベッドやテレビがあったり、という、そういう部屋にチェックインしたんです。

その奥のベッドに腰掛けて、テレビをつけてみたり携帯電話をいじったり二人でしゃべったり、のんびり過ごしていたんです。そのうち彼、用を足したくなったもので、そのまま部屋の反対側へスッと歩いてったんですね。

で、用を足し終わりましてドアから出てくる。目の前の洗面台で手を洗いながら何となく顔を上げたんです。

洗面台なんでね、顔を上げると目の前が鏡になってるんですけどね、反射して部屋の反対側、ベッドとその彼女の姿が映ってるわけです。

その彼女、下向いて携帯電話をいじっていたのですが、その彼女の前を、何か人影がスーッと横切ったんです。

（うわっ！）

と思って、振り返り直接見る。

でも何もないんですね。

（あー気のせいか……）

と思いながら、そのままベッドに戻って、二人で寝ることにしたんです。

その夜中。

彼、最初はあおむけで寝てたんですけど、そのうち寝返りを打って右側を向いて寝

ていたんです。そしたらね、背中の後ろ、左から、

「ねえねえねえ」

って声かけられたから、（えー、彼女どうしたのかな）と思ったのですが、かなり眠かったので、返事しようかこのまま寝ようかどうしようかなと思ってた。

でも、

「ねえねえ。ねえねえ」

と体を揺すられるので、（あーもう、なになに？）って思っていると、

「ねえねえ。ねえねえ。ねえねえ」

って体を揺すりながら何度も言うから、さすがに、（なに？）って思った時にひとつ思い出したんです。

（あ、そっか、さっき自分も鏡越しに何か変なモノを見たし、彼女ももしかしたらこの部屋の中で何か変なモノを見たのかもしれない。じゃあこれは起きてあげなきゃいけない）

と思ったのです。なので、「ねえねえ。ねえねえ」と背中の後ろから体を揺すられながら、（あーわかったわかった）ってぱっと目を開けたんです。

そしたら彼女、目の前に寝てるんです。

「えっ……」

と思って。

目の前には彼女が寝てる……

なのに、その自分の背中の後ろから「ねえねえ。ねえねえ」って、ずっと揺すられているのです。

（いやっちょちょっとこれ、どういうこと？　どういうこと？）

思ってると、背中のその声が、

「ねえねえ。ねえねえ。ねえねえねえねえねえねえねえねえ」

どんどん強くなってくるんです。

あまりの恐怖に体じゅうにも力が入り、その時に、

「……ぅ、うわあ」

……息が抜けるように声が出ちゃったんです。

声が出たら、その声に気づいたのか気づいていないのか、目の前に寝ていた彼女が、

仰向けで寝ている状態からその左手を自分の方へスッと添えてくれたんです。

右向きで寝ている自分の体の上に彼女の左手がスッと乗った。

すると、逆に背中の方から体を揺すっていた手がスッととれたんですよ。

（あ、よかったぁ～）

と思った。思っていたら、体の上に添えてくれている彼女の手が……体を揺らし始めるんですよね。

（えっ……）

と思ったら、彼女が
「ねえねえ。ねえねえ。ねえねえ」

って言い始めるのです。

（うわわわあ!!）

思っていると、仰向けの彼女、

「ねえねえ。ねえねえ。ねえねえ。ねえねえ」

と言いながら顔をコチラに少しずつ向けてくるのです。

コチラを向いたその顔、全然知らない人なんですね。

うわーってびっくりしちゃって、気絶しちゃったんです。

気がついたら次の日の朝になっていまして。起きたら向こうのほうで彼女が普通に準備をしているんです。

「そろそろ帰る時間だよ」みたいな話をされまして、「あーそうだねえ」って返す。

で、そのまま二人でしゃべったりしながらチェックアウトの時間には部屋を出て、そのままホテルを後にするんですね。

で、いつもどおりの彼女なんです。

ただ、長いこと付き合ってるからわかるんですね。

いつも通りの彼女なんですけど――。

いつもと……なんか違う、という状態で、今も付き合っている。

そんなお話です。

真剣に耳を傾ける観客を前に語るぁみ氏。

クラブの女

響　洋平

私の親しい友人で、クラブのＤＪをしているＣ君というのがいるんですよ。

クラブのＤＪというのは昔で言うところのディスコでレコードをかけてお客さんを楽しませる、そういう仕事になるんですね。まぁ、私も同業者なんですけども。

そんなＣ君がですね、今から十年ほど前、都内某所のとあるクラブでオープン一番手のＤＪを任されたんですよね。で、そのクラブ、私も何度かＤＪしたことあるんですけど、非常に人気のクラブでした。

Ｃ君が任されたのは地下二階のダンスフロアです。夜十時にオープンをしまして、お客さんはまだ誰も入ってきていなかったんですが、とりあえずＣ君、ＤＪをスタートさせたんですね。

ＤＪブースってのがですね、ちょっとご存じない方もいらっしゃると思うんですが、目の前にレコードプレーヤーが二台並んでおりまして、後ろにレコードボックスがあるんですよ。で、そこからレコードを選んでレコードを順番にかけていく……ま、そういった仕事になるんですけども。

何枚かレコードをかけたところでC君、何気なしにふっと視線をあげてフロアを見たんですね。暗いフロア、うっすらとミラーボールの明かりだけが灯っているんですけども、さっきまで誰もいなかったはずのフロアに誰かいるんですよ。

ちょうどC君から見て左側、そこに二メートルぐらいの大きなスピーカーがあるんですが、その前に白い服を着た髪の長い女が、まるでスピーカーに向かってお辞儀をするような姿勢で額をつけて、微動だにせず立っているんですね。

踊るわけでもなく、お酒を呑むでもなく、ただ身体をくの字に曲げて、石のように固まっているんですよ。

うわっ、変なお客さん入ってきたな……とC君は思ったんですが、まぁ気にしててもしょうがないんで、そのままDJ続けたんですよ。

で、また一枚二枚とレコードをかけたんですが、C君、あれって思ったんです。そのクラブ、私もDJしたことあるんでよくわかるんですが、そのメインフロアにお客さんが入ってくると、必ず大きな鉄の扉が開かれるんですよ。そうすると外から明かりが入ってくるんで、ＤＪしてても必ず人の出入りってわかるんですよね。

ただ、Ｃ君の記憶ではオープンしてから絶対に誰もフロアに入ってきてないんですよ。

（あの女誰だ？）

そう思ってＣ君、おそるおそる視線をもう一度あげたんですね。そうしたら、その女、その姿勢のままそこに立っているんですよ。

ただ首だけをぐぅーっとＣ君のほうへ向けているんです。

充血した眼球が、まばたきもせずにＣ君のことをじぃっと見ているんですよね。

Ｃ君思わずうわっと目を逸らしました。

（やばい、生きている人じゃない……）

そう、直感的にわかったそうです。

どうしよう、逃げなきゃ、そう思ったんですが、ふとレコードを見たら今かけている曲が終わりそうだったんですね。で、これはＤＪの職業病みたいなものなんですけど、ＤＪって絶対音止めちゃいけないんですよ。

だから、わかった、とりあえずもう一枚レコードを繋いで、スタッフを呼びに行こう、そう思ったんですよね。

で、Ｃ君、震える手で後ろを振り返って、レコードボックスから次にかけるレコードを探したんです。

そして次にかけるレコードを見つけて、そのレコードを引っ張りだしたら……レコードと一緒にその女の首がずるずるずるずるって出てきたんですね。

「！！！！！」

で、Ｃ君、絶叫してスタッフ呼びに行った、と。

そういう話をですね、かれこれだいぶ昔に聞かせてもらったんですよ。

で、実はですね、一週間前、ちょうど先週の土曜日に久しぶりに僕、Ｃ君と再会したんですよ。で、いまの一連の話したんですね、Ｃ君に。

そういえば、こんな話してくれてたよねって言ったらＣ君が、

「響君、よく覚えてますねぇ。でも俺、そのあとスタッフになんて言われたか、言いましたっけ？」

って言うんですよ。

「え、なんて言われたの？」

って聞いたらＣ君、こう言うんですよね。

「俺が見たものをスタッフに説明しようとしたんですよ、そしたらスタッフにこう言われたんです。『あ、地下二階のフロアですよね。女がいたんでしょ？　その女、家にまでは憑いてくることないんで、あまり気にしないでください』……」

Ｃ君そう言われたそうです。

そのクラブ、とある有名なＤＪさんのマネージャーさんの勧めで、何度かお祓いをしたんですよ。

ただ、最後までその女、祓うことはできなかったそうです。

そんなお話を聞かせて頂きました。

鄕洋平氏の怪談を語る声が場内に浸透していく……

記憶

山口綾子

なおさんっていう女性が十九歳の時に体験されたお話なんです。

その当時、片思いしていたシンゴ君という男の子がいたそうです。で、その日初めてふたり、デートできたんだそうです。

朝から遊園地に行って、ほんとに楽しく過ごしていたらしいんですけど、これほんとに不思議なことなんですけどね、なおさん途中からなんか今日はやく帰りたいなって思い始めたんです。

別に遊園地が嫌いなわけでもないし、このシンゴ君が気に入らなかったわけでもないんですよ。でも、この気持ちってもうどうしようもないから、彼にも正直に、

「ねえ、ごめん。今日ちょっともう、帰ってもいい？」

って言ったら、シンゴ君が、

「えっ……あ、じゃあさ、ドライブ行こうよ！」

って言ってくれたらしんです。

まあ、なおさんこれしぶしぶＯＫして、助手席に座りました。

けどやっぱり、気がのらないんですよ。だから頬杖ついてボーって窓の外ばっかり見ていたんです。

ま、そしたら田舎道なんでね、木がどんどん生い茂ってきて、その中にぽつんと一軒、古いホテルが見えてきたんです。

で、それを見た瞬間に、

（あれ……私、ここ来たことある……）

と、思ったんですって。

でもね、そんなわけないんですよ。だってそこラブホテルで、当時の自分、そんなとこ行ったことなかったんですよ。しかも看板も出てたけど、ばりばりに割れてて、明らかにかなり前から使われてない場所なんですね。

あれ？　じゃあなんでこんなとこ来たことあるのかなぁって考えているうちに、あっ、夢の中で来たんだ……って気づいたんです。

これ、どんな夢だったかと言うと、知らない男の人と、二人でそのホテルの中に入っていくんです。で、その目的っていうのがすごくはっきりしていて、このホテルの二階にいる女性を絶対に殺さなければならない、そう思ってるんですね。で、言葉は交わさないんだけど、この隣にいる男の人も同じことを思っているって、なんかわかるんですよ。

で、ずんずんずんずんこう進んでいって、いざ目的の部屋の前まで着いて、ガチャって扉を開けたら、中にほんとに女の人がいて、こっち見るなり、「きゃあああああ！」って叫んで震え上がっているんです。

で、二人ともお互いに刃物を持っていたんで、その女の人目がけて、うわあああああ！って言って突進していくんです。そしたら男の人のほうが先に、ブスッ！っとその女の人を刺しちゃうんです。

「！！！」

刺された女の人、ひぅっと言って、ばたんってそこに倒れちゃったんです。

それっきり……動かなくなっちゃったんですよ。

（えっ、あっ、えっ、ど、どうしよう……）

そう思っていたら、血だらけになった刃物を持った男の人が、こっちをゆっくり振り返りながら、

「ねえ、死んじゃった……」

って言ったあと、ブスッと自分のお腹を刺して、その人も死んでしまう……そんな夢だったんですね。


（あ……あの夢で来たホテルだ）

って思ってたらシンゴ君が、

「ねえねえねえねえ、知ってる？　あそこって心霊スポットなんだよ。なんか昔、あそこの二階で、女の人殺されたんだって。あとね、自殺したやつもいるらしいよ」

って言うんですよ。

え？って見たら、ホテルの二階の窓に夢で見た女が張り付いてジィーっとこっち見ているんです。で、そのまま目で追ってきて、あっ！と目が合った瞬間に、ニヤッと笑ってスッとその窓の枠から外れて見えなくなったんです。

（あっ、やばい、こっち来る……！）

って思って、

「ね、ね、ね、ね、もっと速くスピード出して、速くッ。女の人が来る、女の人が来るッ」

って言ったら、ブゥーーンって物凄いスピード出したんです。

で、シンゴ君、ブゥーーンって行ったかと思ったら、バーンッ。

……カーブ曲がり切れなくて、ガードレールに衝突しちゃったんです。

一瞬ふっと意識が飛んだんですけど、まだ生きているんですよ。あっと思って、大丈夫？って見たら、シンゴ君、じぃっとこっち見てるんです。

え……っと思ったら彼がひとこと。

「ねえ、おまえも死ねばよかったのに」

……そう言った顔がいつものシンゴ君じゃないんです。

あの夢で見た男そのものだったんです。

結局、なんでこんな夢を見たのか……これって謎のままらしいんですけど、ただなおさんって数年に一度、霊がはっきり見える日が来るそうなんです。

もしかしたら、こんな体験をしてしまったのも、そんな第六感が働いたせいなんじゃないかなとそんなふうに思ったお話でした。

表情も豊かに、畳みかけるように語る山口綾子氏。

白い鳥居

伊山亮吉

これ僕がハタチくらいの時の話なんですけれど、友達が車を買ったんで、ドライブがてら心霊スポットに行こうってなったんです。

お、いいね！ってなってメンバーもすぐ四人くらい集まった。

で、行った場所というのが、神奈川県の山奥にある廃トンネルなんです。

車をブゥーって走らせて、やがて山の中に入っていきましてね、トンネルに着いたんです。

でも特にこれといってないんですよね。

雰囲気は怖いんですけども向こう側へ出ても戻ってきても何もない。

「ここまで来ても何もないかぁ」

まあ、そう簡単に霊現象なんて起こるわけないし、何もないに越したことはないんですけれども、そこはそれ。やっぱり肝試しに来ているわけですからちょっとこう気落ちしますよね。

でもまぁ、いつまでもこんなとこにいても仕方ない。

もう下山しようということになりまして、行きの盛り上がりとは違ってテンション低い感じで下山していったんです。

とくに会話もないんですよね。盛り上がることがなかったから。

で、なんとなく僕は車窓を見てたんですけど、その森林の中にですね、ぼろぼろの小屋を見つけたんです。

あ！　と思って、「ちょっと止めて！」って言った。

「どうした？」

「いやなんかさ、ボロボロの小屋があるからさ、トンネルなんもなかったし、あそこで肝試ししない？」

そう言ったんですよ。

そしたら「いいねえ！」ってなって、なるべくその小屋の近くまで車で行くことになった。

ただ途中で気付いたんです。

車道からなるべく近づいて行ったんですけど、しばらくすると百五十センチくらいの段差があって、その奥に小屋があるんです。車じゃ段差までしか近寄れない。

じゃ、いったんここで降りるか、このまま四人で段差のぼって行こうぜって時に、運転手の一人が「オレ、行かない」って言い出したんです。

「なんでおまえ行かないんだよ。びびってんの？」

と言うと、

「いや、そうじゃない。ただ、買ったばっかの車だからこのまま車道に残しておくのが厭なんだよね」

って言うんです。

「なんかあったら呼び戻せるし、おまえら三人で行ってきてよ」と。

わかった、じゃあそうね。そしたらこのままローテーションで回ろうぜってことになって、僕らは運転手を残して車を出て、段差をのぼってそのボロボロの小屋に向かって行った。

のぼったところから小屋まで、だいたい二十メートルぐらいあるんですよね。小屋の周り、なんも草木が生えていないんです。土、剝きだしなんですよ。

うわぁ、いい雰囲気だなぁと思いながら、懐中電灯を持っててくてくと歩いていく。その時にこう、足元が悪かったたんでふいにライトをぱっと下に向けた時に、あれ？　って思ったんですよ。

何かって言うと、タイヤが横切った跡があるんです。

（ん？　おかしくないか？　段差があるから俺ら車停めて降りたのに、なんでここにタイヤの跡があるんだ？）

で、ライトを横に照らしてみると、左側の鬱蒼とした木々の中からすぅっとタイヤの跡が二本流れてきて、僕らを横切って右側へ行ってるんです。

「え、ここ車通れんの？」

「いやぁ、わからない」

「なぁ、あの小屋に行くのもいいけどさ、ちょっとこのタイヤの跡追ってみないか？　もしこのまま車道に繋がっているんなら、あいつ呼ぼうぜ」

ああ、それもそうだなって思った。

だから僕ら、急遽、小屋に向かうのをやめて進路を変えて、そのタイヤの跡に沿って歩いて行ったんです。その瞬間――

パァ、パァ、パァ、パァ！

クラクションが鳴るんです。

振り返ったら、そいつ――運転手が、すごい形相でクラクション押しながら、「戻ってこい！　戻ってこい！」って身振り交えてやってるんです。

「？　何があったんだよ！」

「いいからッ、戻ってこい！　戻ってこい！」

そう言うんです。

もう尋常じゃない勢いで。

え〜？　って思いながら、僕ら三人は急いで車まで戻った。

「どうした？」

「いいから早く乗れッ」

運転手は、ガンガンガンってドアが閉まったのを確認した瞬間、ブゥーンって物凄い勢いで出発するんですよ。

「何があったんだよ」

「いや……後で説明する。ちょっと俺、なるべく事故らないように安全に運転するから待っててくれ」

って。ひどく動揺しているんですね。

「何があったの？」

って聞いても、まったく答えてくれない。

で、けっこうなスピードでそのまま山をガァーっと下って行って、やがてコンビニに着いたんですよ。

で、その駐車場で、運転手のやつはもう、はぁ、はぁって息も絶え絶えになっているんです。

「何があったんだよ?」

ってもう一度聞くとそいつが
「見えなかったの?」

って言うんです。

「何が?」

「いや、鳥居があったでしょ」

って言うんです。

「……見えなかったけど、なに?」

って言うとやっと教えてくれたんですよね。そいつ曰くなんですよ。

僕ら三人が段差のぼった時に、車から降りて煙草吸いながら僕らの後ろ姿を見ていたって言うんです。その時に、ふいにこう視線を横のほうへ向けたら、大きな白い鳥居があったんだと。

「ほんとに見えなかった?」

「いや、見えなかった。それが何なんだよ」

って言うと。

「いや、その白い鳥居の中に、なんかが蠢いているんだよ。何だろうと思ってジィって見ていたら、だんだん目が慣れてきて分かったんだけど、それ、白装束着た人たちなんだよ」

「……」

「え、なにあれ……って思った瞬間、その白装束を着た人たちがいっせいに手招きを始めてさ、そしたらおまえらが進路を変えてその鳥居の方に向かって急に歩き始めたんだよ。うわあぁぁ、あぶねえって思ってクラクション鳴らしたんだよ。……ほんとに見えなかったか？」

僕ら、見えなかったんですよね。

これ、運転手ひとり残してたから、戻ってこれたんです。もし四人全員でそのまま上がって行ったら、どこ行ってたかわかんないんですよね……。

そういう体験がありました。

体験したその場の臨場感たっぷりに語り上げた伊山高吉氏

第2章

大阪予選

2018年8月26日 at ロフトプラスワンウエスト

東京予選の一週間後、残暑厳しい大阪で西の予選会が開幕。一次審査を勝ち抜いた13人の語り部がエントリー。

いたこ28号、松原タニシ、Bugって花井、田中俊行の4名が本選出場への切符を手に入れた。

【エントリー選手】
いたこ28号★①
宇津呂鹿太郎
梅木（ハニートラップ）
N（怪談看護師）
おかぴー
神原リカ
さる。（怪談自虐テロリスト）
シャカ谷（ロッテンダ）
田中俊行★④
Bugって花井★③
松原タニシ★②
三浦たまの
リップ（怪談 Rocker）

★が予選通過。数字は予選通過順位。

【審査員】
角由紀子（トカナ編集長）
小林タクオ（ロストプラスワンウエスト店長）
西浦和也（怪談蒐集家）
他、二名。

つかまれる

いたこ28号

この話は吉田さんという男性がね、小学生の時に体験した話です。

彼は三年生、四年生、五年生、六年生と、子供会の野球部に入っていたんです。

子供会の野球部なんで、そんなきつい練習はしないんですが、すごく楽しかった。

でね、夏休みになると必ずやることがあるんですよ。

何かって言うと、合宿をするんですね。

まぁ、合宿と言ってもね、近所のお寺に一泊とまるだけなんですが、三年生四年生の時は、親元を離れること自体そうそうないから緊張しちゃってね、あまり眠れなかった。

でもね、五年生の時は楽しかったから、当然今年も参加したいなって思うんだけど、ひとつだけね、いやなことがあったんです。

それ、六年生になったら絶対やらないといけないんですが……。

子供らが泊まるのはお寺のね、広い五十畳ぐらいの部屋なんです。四十人くらいかな、全員そこに泊まる。

その部屋ってのは三面が壁になってて、残り一面が障子になってる。六枚ぐらい、ずらっと障子が並んでる。

その障子をさっと開けると廊下が横に通ってて、廊下をずっと行くと本堂に続いている。

廊下の反対側はって言うと、ガラス戸になってましてね。ガラス戸をガラガラっと開けるでしょ、何があると思います?

……墓地、なんですよ。

夜は真っ暗な暗闇に何百というお墓が並んでいる。

めっちゃ怖いじゃないですか。寝る時は当然、墓地に面した廊下側の障子は閉めとくけど、やっぱりそっち側では寝たくないんですよ。

だって廊下を挟んだほんの数メートル先が墓地ですもん。怖いじゃないですか。

だから、いちばん大きい六年生がその障子側に寝なきゃいけない――そういう決まりだったです。

六年生の子の中には怖がって来ない子もいたんだけど、吉田さんは五年生の時めっちゃ楽しかった思いがあるから、参加したんですよ。

夜になった。初めは怖かったんですが、練習はそれなりに厳しかったから、やっぱり疲れてね、いつの間にか眠っていた。そしたら――――。

ぺたぺたぺた、ぺたぺたぺた

……誰かが足の裏を叩くんです。

吉田さん仰向けで寝ていたんですが、えっ？　と思って。

おい、俺は眠いんだからやめろよと、足をバッて動かした。

でもまた……。

ぺたぺたぺた、ぺたぺたぺた

……叩くんですよ。

おい、おまえやめろよ！　って思った時に、ふと思ったんです。

（あれ？　足の先って壁じゃん……）

うわッと思って、顎引いて下を見たら。

タオルケットをかけてたから見えなかったんですけど、誰も手をつっこんでなんかいないんです。

うぅ～っと思ったら、そのまま体が動かなくなった。

首だけかろうじて動くんですよね。

必死に下を見るんだけど、やっぱり誰もいない。

もうぺたぺたと叩かれる感触もないんで、あれ……と安心したら。

！！！！

今度は足首がグッと握られた。

あ、これは子供の手だ……って、ちっちゃな子供の手だと。

下を見るんだけど、タオルケットかけてて、当然、誰も手をつっこんでる様子はないんですよ。
（これ、畳の下から出てる……畳の下から出た手首が、俺の足首握ってる！）
――そう思ったら、その手、ちょっと動かすんですよ。
指までわかったって言ってましたね。
それだけと言えばそれだけなんですが、その時間がずっと続く……。

（怖い、怖い、怖い……）

足を握っているだけだ、でも怖い。

（怖い、怖い、怖い、やめて、やめて、やめて……怖い、怖い、怖い、やめて、やめて、やめて……）

ふっと手を放してくれたんですよ。
あぁ、よかったって思ったら、また掴まれた。

しかもさっきと違うんです。
今度は……爪立ててるんですよ。
足首に爪。右の足首に爪を立ててくる。
これがもう、めっちゃくちゃ痛い。

（ああ、痛い、痛い、痛い……！）

手はだんだん、だんだん力を入れてくる。

（痛い、痛い、痛い、ごめん、やめて、ごめん、痛い、痛い、痛い……）

どんどんどんどん……相手はもっともっと力を入れてくる。
痛みが頂点に達してね、その瞬間、金縛りがぱっと解けた。
おわって上半身だけ起こし、急いでタオルケットをどけた。
自分の右足を見たらそれ……手じゃ、なかったんです。

爪、立ててたんじゃないんです。

坊主のおっさんがうがぁって噛みついていた。

もう驚いて反射で足動かしたら、そのおっさん、足首に噛みついたまま、畳の中からずるずるずるぅって出てきた。

そのまま……気絶したそうです。


朝起きて足首を見たら、噛んだ痕はなかったんですけど、黒くなった痣が残っていたって言ってましたね。

そんな話を聞きました。

笑いを交えながらも会場を震えさせた、いたこ28号氏。

サービスエリアの老婆

松原タニシ

松原家がですね、家族がちょっとおかしくてですね、親父が坊さんで、おかんが日本舞踊の先生、で、四人兄弟なんですけど姉貴が元アイドルで、長男がヤンキー、次男が引きこもりで、三男が〈事故物件住みます芸人〉というね、こういう家族構成なんですけども。

僕、長男のヤンキーと喋ることがほとんどなかったんですけども、僕が中学生の時に唯一、喋った話というのがありまして。

僕、野球部やったんですけども、朝練で早くて六時ぐらいに起きて朝ごはん食べてたら、ヤンキーの兄貴が帰ってきたんですよ。で、

「シャレにならん！　ババァを乗せてもた！」

そう、言うてたんです。

なにその話、と思って、僕もちょっと兄貴のこと怖かったんですけどね、話を聞かせて貰いました。

兄貴、その日スノボに行ってたんですよね。実家が明石の近くの舞子ってとこなんですけど、神戸から岐阜県までスノボに行って、で、その帰り午前四時くらいに、後部座席に乗っている友達のA子さん、女の子がトイレに行きたいって言い出したんです。

で、奈良県の高峰サービスエリアというところで車を停めて、女の子をトイレに行かせたんです。

しばらくしてそのA子さんが戻ってきたら、顔面蒼白で、「ちょっとあのトイレ、やばい、やばすぎる」と言い出して。

まず女子トイレの前に盛り塩がばっさーっと盛られていると。で、中に入ると洗面所でボロボロの服着たおばあさんが、真冬に真水でずっと手を洗っているって言うんです。

気持ち悪いなぁって思いながらトイレに行って、出てきたらまだそのおばあさん、手を洗ってる……。

これはもう関わらないように出ていこうと思ったら、突然くるっと振り向いてニタァと笑うんですよ。で、急いで走って、ダダダって車まで戻ってきた……ということらしいんです。

「ちょっとあのおばあさんヤバい。あれ、人間じゃない、絶対妖怪やって！」

もうA子さんもテンションあがってしまってるんですね。で、

「もう早く車出して、怖いから～」

と言われて兄貴、車出すんですけども、そこが名阪国道というところで、日本で一番か二番くらいに交通事故の多い道路なんですよ。

で、まぁ、真冬ということもありまして、兄貴も事故がないようにしっかり運転せなって気をつけてました。

後部座席ではA子さんがまだ隣のB君に、「あのおばあさんめっちゃ怖い、シャレにならない、絶対あれ幽霊や」ってずっとまくし立ててるんですよ。

で、運転しながら兄貴は、「いやぁ、それ、近所のおばちゃんがたまたまなんか手洗ってただけやろー。人間やって。気にせんほうがええよ」って、運転しながら宥めたわけなんです。

そしたら後部座席の会話がぴたっと止むんです。

兄貴運転しながら、あれ？　スノボで疲れて二人とも寝たんかなぁってバックミラーをちらっと見ました。すると、A子さんとB君の間に見知らぬおばあさんがちょこんと座ってたんですね。

あ、これで会話止まったんや！思って。

人間って、目の前にありえない恐怖が現れた時に、やっぱりこう干渉してはいけないっていうか、自分が動いたことによってそれが動き出すのが怖いから、たぶん動けないんですよね。だから、A子さんもB君もまっすぐ前を向いたままガチガチに固まってたんです。

で、兄貴もこれは非常事態やと思いながら、でも名阪国道は事故多いから、事故しないよう真剣に運転せなと思って、そのまましっかり前を見て運転することに集中したわけですよ。

でも、バックミラーにおばあさんは映ってる……。

アカン、これはシャレにならんぞって思いながら運転するんですけど、しばらくしたらカーステレオから、もにゃもにゃもにゃ……って変な音がしだした。

あ、やばいやばいやばい、カーステレオもおかしくなってきた、これはあかん……もう無心だ、と。

何も考えてはいけないと思って前だけ見て運転するんですけど、後ろからこう……気配がするんですね。

で、前を向いている兄貴の左目の視界に、白い髪の毛がちらちらちらっと映るわけですよ。

あ、これはあかん、絶対あかん、相手にしたらあかんって思ったら、そこからどんどんどん肌色が見えてきて、おばあさんが後ろからにゅうっと首を出して、兄貴の顔をじいっと見てくるんです。

兄貴、そのままずっとばあさんと目を合わせないようにして、必死に運転したそうです。

そうしてどれくらい頑張ったか、トンネルに入った瞬間におばあさんがぱって消えたらしいんですよ。

で、そのあとあまりにも怖すぎて、浜田省吾を全開に歌いながら帰ってきたって言うんですけども（笑）

で、僕ね。急にその話を思い出して、今年の一月に高峰サービスエリア行ってきたんです。で、実際に行ってみたらですね、盛り塩はなくて、ちょっと作り変えられて綺麗にはなってました。

でもね、謎の花瓶がいっぱい置かれてるんですよ。まぁ、さすがに女子トイレには入れなかったんですが、なんか妙だなと。

で、これは凄いなって思ったのが、その高峰サービスエリアからトンネルまでの間、田尻トンネルっていう大阪府と奈良県の県境にあるってトンネルなんですけど、そこまでの距離が二十分あるんです。

兄貴、ほぼ二十分間、目の前におばあさんの顔がありながら運転してたっていうね。

俺の兄貴、すごいなっていう話でした。

熱気と霊気入り乱れる会場に、松原タニシ氏の怪談が響く……。

第3章
ファイナリスト決定戦
2018年11月24日 at TIAT SKY HALL
（羽田空港国際ターミナルビル4F）

ついに、怪談最恐戦2018･本選がスタート。
東西の予選を勝ち抜いた8名とシード2名が準決勝進出をかけて熱戦を繰り広げた。
手強いシードは三木大雲、そして桜金造!

【ファイナル決定戦出場者　出演順】
①田中俊行
②伊山亮吉
③Bugって花井
④山口綾子
⑤松原タニシ
⑥響洋平
⑦いたこ28号
⑧ぁみ
⑨三木大雲
⑩ミスターX（桜金造）

観客の会場審査により上位四名がファイナリストとして準決勝に進出する。

エントランスの男

伊山亮吉

これ五年前の話なんですけど、バイト先で暇だったんで、同僚たちと怖い話をしてたんですね。

そしたら普段まったく喋らない寡黙なAさんという方が、「僕もいいですか?」って言ってきた。「あ、ぜひ」と言ったら、そのAさん、ぽつぽつ語り始めたんですけどね……。

Aさん曰くなんです、当時から数えて四年前に今住んでいるマンションに引っ越してきたんだそうです。そのマンションというのが、ちょうどカタカナのコの字のみたいな形なんですよね。左右が出っ張っている。

で、中央にエントランスがあるんです。

Aさんの部屋あるのはエレベーターを上がって、三階の出っ張っている端っこの部分だって言うんです。

で、当時は今と違う仕事で、深夜までかかる配送ドライバーの仕事だったって言うんですよね。だから帰ってくるのが遅いんですよ。

で、Aさん言うんです。

「僕、この時間帰ってくるのがほんとに厭で……」

「なんでですか?」

「エントランスに……いつも夜になると、気持ちの悪い男が立っているんです」

そう言うんです。

「そいつ、エレベーターに乗ろうともしないで、ぼろぼろの服装でずっと俯いて立ってるんす」

気持ち悪いな、こいつ……って思いながら毎日見ないようにして横目でエレベーターのボタンを押す。で、エレベーターが来たら上にあがって、自分の家に戻る。こんな生活の繰り返しだったたって言うんです。

ある日のことなんですよ。いつもと同じように深夜、仕事を終えて帰ってきた。

エントランスに入ると、やっぱりその男が立っているんで、気持ち悪いなぁ、ほんと何なんだろうって思いながら、とにかく見ないようにしてエレベーターのボタンを押した。

すると後ろから、ギィィイ――と、ドアが開く音がするんです。振り返ったら、同じマンションに住んでいるおばさんが入ってきた。

「こんばんは」って言うと、「こんばんは」って返してくれる。で、二人でエレベーターが来るのを待ってた。

やがて降りてきたんですよね。

まずおばさんが乗って、自分も乗った。

その時に初めてなんですけど、いつもと違っておばさんも一緒にいるんで、「乗らないんですか？」って男に声を掛けた。

そうしたらその男、ゆっくり顔をあげたかと思ったら、じっとAさんの顔を見て、また視線を下げたんです。

乗らないんだ、やっぱりと思ったら、エレベーターが閉まる。で、ブーンと上がった時に、

「あなただめよ……あなただめよっ！」っておばさんが話しかけてくる。

「え、なにがですか？」

「あれ、話しかけちゃだめなのよ。あれ、ついてくるから！」

「え……？」

聞き返そうと思った時にはもう、三階着いちゃったんです。振り返ったらもうエレベーターはおばさんを乗せて上にあがっている。

（気持ち悪いこと言いやがってなんだよ……）

そんな風に思いながら家に戻って、リビングではぁって寛いでいると――。


ピンポーン。


……チャイムが鳴るんです。さっきのことがありますから、ついてきたのかなと思って身構えていた。

ドアまで行って、ドアスコープを覗く。

……誰もいないんです。

ただ無性に気持ち悪いんで、ちゃんと確認しようと思った。

どうするかって言うと、一旦外に出たんです。で、この住んでいるところが出っ張ってる端っこの部分ですから、廊下の手摺りからグッて身を乗り出せば、エントランスが見えるんですよ。

（まだ、あいついるかな、いなかったら怖いな……）

びくびくしながら恐る恐る確かめる。

グッて顔突き出して見てたら――いたんですよ。

（あ、よかった、ついてきてなかった……！）

なんだよおばさん、適当なこと言いやがって……って思ったら、何やらさっきと様子が違うんです。

じっと見てたらそいつ、どんどん首が下にさがっていきまして、んんっ？　と見てるとそのまま首がボロンって落っこちた！

うあっ⁉　と思ったら、そいつ……落ちた首を拾い上げて、また自分にくっつけてから、くいっとこっちを見てきた！

うわぁ‼　声あげてそのまま這いつくばるようにして玄関戻って、そのままドアをガチャン！　って閉めたら、チーンってエレベーターの音聞こえるんですよ。

この階じゃないよな、この階じゃないよな⁉　と思ったら――


ドッ、ドッ、ドッ、ドッ……


足音が近づいてきて、ピンポーンと押してきた。

（うわあああ、ほんとに来ちゃった、どうしようどうしよう！）

パニックになったんで、とりあえずもう部屋中の電気をつけて、テレビとかつけて、それもなるべく音量大きくしてわあわあ叫びながら気を紛らわせようとした。三十分くらいそうしてたっていうんです。

で、少し落ち着いてきたんですよ。

（いやー、ヤバい、いや、見間違いだよ、人の首が落っこちるなんてありえないよ、忘れよう、トリックだからあんなの、もうトリックだから忘れよう！　忘れよう！）

そう思って、吹っ切るように部屋中の電気消して行ったんです。もうとんでもない一日だったけど、もう忘れよう、もう俺は寝るんだってね。

カチャンと、寝室の電気を消した。

——と、その瞬間気づいた。

カーテンごしに……ベランダに……そいつが立っている。

うわっと思ったら、またシルエットでわかるんです。

そいつの首がごろんと落ちたと思ったらまた拾い上げて……そのカーテンの僅かな隙間からこっちを見ようとグゥーッと覗いてくるんです。

「ぅうわぁああああああ！！！」

深夜にとんでもない叫び声が響き渡った。

——と、こんなことがあったんです。そうバイト先で言うんです。

「それ……ほんとですか？」

「はい。これ怖いですかね……怖いですかね？」

「いやぁ、めちゃくちゃ怖いんですけど。……一個だけ聞いていいですか？」

「はい」

「まだ同じマンション住んでいるんですよね？　今どうなんですか？」

そう聞いたら、Aさん。

「今ですか？　そいつ……まだベランダに立ってますよ。だから僕、夜はカーテン開けれないんです」

そんな話、聞かせてもらいました。

Kトンネル

山口綾子

私のライブにも来てくださったことのある二十代前半のユウキ君という男性のお話なんです。

二ヶ月ぐらい前に仕事の後、夜に友達と雑談しているなかで、怪談ライブの会場で起こった怪奇現象の話題になって、「いや こんなことがあってさ」「マジかよ」みたいに話していたそうなんです。

そうしたらこの話を聞いていた石田君という子が、ちょっと熱くなって、「そんなの大したことねえよ。俺がおまえらに、本当の心霊スポットを見せてやる」って言ったんです。

彼、ちょっと霊感があるらしくて。

そういう変なものを見たという話をしょっちゅう聞かされてたそうなんですね。で、結局その後、男三人で石田君の言う心霊スポットのトンネルまで向かうことになったんです。

着いてみたら廃トンネルのわりには綺麗で、おそらく舗装されているんでしょうけど、白っぽい灰色の壁でして蛍光灯の灯りがちゃんとついていて、ゴミが一切落ちていない。

「なんか全然怖くないんですけどー」

なんて言いながら進んで行って、半分ぐらいまで来た時でした。

「あれっ」

それまで明るかったのに、そこから先暗いんです。

切れかけの蛍光灯の灯りが、パチパチいいながらオレンジ色の光を放っているんです。

床を見てみたら空き缶とか新聞紙がぐっちゃぐちゃになっている。汚ない。

もうまるっきり様子が違うもんですから、なんかそれ見てちょっといやーな予感がしたんです。

「どうせこの先行ったって何もないぜ」

って言ったら、石田君がぱって上を見上げて、

「ここに首があったんだよ」

って言い出すんです。

それを聞いたらユウキ君、なんだか急に気味が悪くなってしまいまして。

「わかった、もう帰ろう」

そう言ったんです。けれども、もう一人が「もうちょっと行ってみよう」って言うもんですから、その暗闇の中に入って行くことになりました。

ただユウキ君、ずっとトイレを我慢してたんですね。

だから「あーちょっと先行ってて」と言うと、本当はあまり良くないんですけど、まだ明るい場所で壁に向かって用を足していた。

と、その時です。

「わあああああー！」

もの凄い声が暗闇の中から聞こえてきて、タンッタンッタンッタンッタンッと足音

が近づいてきたかと思ったら、そのまま二人、ユウキ君の後ろを通り抜けて行っちゃったんですよ。

「おい、ちょっと待てって！」

急いでユウキ君もファスナーあげて、あとを追いかけて行く。

――で、トンネルを出たら息を切らして、ゼイゼイ言いながら、石田君がこう言うんです。

「ハァ……ハァ……、いやトンネルの出口のところからさ、女の声で『ねぇ』って話しかけられてさ、ハァ……ハァ……こんな時間に、おかしいじゃん、うわぁヤベェって思ったから当然返事しなかったんだけど……ハァ……、そしたら今度は耳もとで『ねぇ』って」

そうしたらもう一人のほうがぎょっとして、

「なんだよ それ。俺は男の声で『こっち』って言われたんだけど……」

二人、言ってることがバラバラなんです。

結局これ、家帰ってからもこの話で盛り上がったそうなんですが、ユウキ君はトンネルの先に行っていないし、その声は聞いていないんです。だからちょっと面白くなくて、

「そもそもあそこで、石田が首があるとか言うからよー」

って文句言ったら
「はあ？」

「いやだからおまえがそういうこと言うから」

「何言ってんの？　俺そんなこと言ってないんだけど」

……覚えてないんですね。

そうしたら今度は石田君がもう一人の友だちに向かって、

「っていうか、言い出したのおまえだからな、もうちょっと行ってみようって」

そうしたら、その友だちが、ユウキ君のほうを指差して、

「え？　いや、違う。こいつだ」

って言うんです。

「はあ？　言うわけねえじゃん。だって俺ションベンしたかったし」

ユウキ君がそう言い返した瞬間、皆しーんとなった。

「……じゃあ誰が言ったんだ？」

三人でそう言いながら、その声を思い出してみて、ぶわっと鳥肌がたちました。

《もうちょっと行ってみよう、もうちょっと行ってみよう、もうちょっと行ってみよう、もうちょっと行ってみよう……》

あの時はそう思わなかったのに、いま思い出したら違うんです。

あれは……女の声だった。

その後　石田君とこのもう一人の友だちにちょっと変なことが起こるようになりました。

例えばリビングのドアのはめ込み型のガラスから、知らない男がこちらを覗いていたとか、ちょっと開いているドアの隙間からから女の顔がじっとこっちを見ているとかいう夢を見るんです。

とにかく厭な夢だと思っていたら、今度は現実で同じことが起こってきたんです。

——暗闇の中から、何かがこちらを見ている。

あまりにも頻繁にそういうことが起こるものですから、二人ともそれぞれ実家を出ることにしたそうです。


それから数週間経ったある日、石田君から久しぶりに連絡が来ました。

ちょうどいい物件が見つかったということで、まあ男二人なんですがね、あの時トンネルに行ったもう一人の友人と、シェアハウスで一緒に暮らすことになったんだって、そういう報告でした。

「へぇ そうなんだ」

で、場所は？　って聞いたら、見たほうがわかりやすいって言って、一枚の地図を画像で送ってくれました。

……ユウキ君、それ見てぎょっとしたそうです。

「おまえこれ……俺たちが行ったトンネルの近くじゃん」

震えるユウキ君の声に石田君はひとこと。

「何言ってんの？　俺そんなトンネル行ってないんだけど」

連れて行かれたトンネル

響　洋平

私の友人で、クラブのスタッフをしていたS君という男性がいるんです。

この彼、実はお祖母さんが口寄せと言われる霊媒師をやっている方で、彼自身も昔から非常に霊感が強いんですね。

そんなと彼と一年ぐらい前ですかね、久しぶりにゆっくり飲む機会があったんです。

するとS君が、

「響さん、怪談集めてるみたいですね。俺が昔、死にかけた時の話聞きます？」

と言って体験談を語ってくれました。

S君が二十代前半の頃と言ってましたが、当時付き合っていた彼女とその友だちのカップルの三人に無理やり心霊スポットに連れて行かされたんだそうです。

最初は旅行に行こうと言って車に乗せられたそうなんですが、気づいたら夜の人気のない山道を走っている。

するとと男友だちが、

「あのさー、今から幽霊が出るトンネルに行ってみないか？」

S君、昔からそういう場所を避けていたんで、内心、ふざけるな！　と思ったみたいなんですね。でも車の中、みんな楽しい雰囲気だったんで、仕方なしに我慢したそうなんです。

しばらくして車はその目的地のトンネルの前に着きました。

夜の闇の中、トンネルがぽっかりと口を開けている。

トンネルの中に、ポツポツとライトが見える。他に灯りはないんです。

運転していた男友だちが、「よし、じゃあそろそろ行くよ」って言って、車をゆっくり動かした。

S君は助手席に座っていたんですが、下を向いて必死に耐えていました。ひたすら何も考えないようにしていたそうです。

車がちょうどトンネルの真ん中あたりに来た時。

突然S君、空気が変わるのがわかったんです。

まるで周辺の空気が中心に向かってグーッと圧縮されるような感覚。

（あ、これやばい……！）

S君がそう思った直後、自分の左から、コツ……と音がした。

ふっと見ると助手席の窓のすぐ外、そこに男の人がへばり付いていて、

『……帰れ』


頭の中に声が響いて、S君は思わず窓から目を背けた。

すると後部座席にいた彼女が、

「ぎゃあああー」

絶叫したんです。

「そ、外に男の人がいる！」

彼女にも同じものが見えていたんです。

運転していた男友だちも「マジか!?」と言ってガタガタ震えている。

その直後――S君ここまでしゃべってきて、ふいにこう言ったんです。

「響さん、これ信じられないかもしれないけれど、本当にあったんですよ」

そう言って念押ししてから続きを教えてくれたんですが——。

その直後、なんとトンネルの電球が全部一遍にドーンと落ちたんだそうです。

ふいに周囲が真っ暗になった。

「うわあああー」

運転していた友だちがアクセルを全開に踏みました。

車が急発進してなんとかトンネルを抜けた……と、今度はエンジンからガリガリガリと異様な音がして、エンジンもバッテリーもそこで全部落ちたんです。

真っ暗です。後ろでは女の子が泣き叫んでいる。

運転席では男友だちが狂ったように鍵を回すんですが、エンジンがかからない。

S君も自分の体が震えてくるのがわかりました。

その刹那、背後のトンネルの闇から声が聞こえてきました。

「あーーーーーーーあーーーーーーーーーあーーーーーー」

低い女の声が聞こえてくる。

その瞬間 車の中が凍りついたんですね。

S君 覚悟を決めて言いました。

「……今から謝ってくる」

そう言って一人で車を降りて、真っ暗なトンネルの前に立ったんです。そして必死に謝ったんです。

「本当にすいませんでした。遊び半分でこんなとこに来るべきではなかった。あいつらに言って聞かせます。どうか許してください。お願いいたします」

……何回も何回も謝ったんです。

どのくらい謝ったのでしょうか、
突然トンネルのライトがパーっと点いたんです。そして車のエンジンが元通りかかったんです。

S君が車に戻るとみんな泣いていました。

「ああ良かった、これで帰れる」そう言って抱き合ったそうなんです。

——と、そんな話を聞かせてもらったんですが、その時S君、私の顔を見てこう言ったんです。

「響さん俺がその瞬間、何を考えていたかわかります？」

「……何、考えてたの？」

「こんなので許されるはずがない——俺、そう思ってたんです」

「………」

正直、私、彼の言葉が一番ゾッとしました。

体験した本人しかわからない気持ちですよね。

その言葉通り、帰りの車の中、サイドミラーに女の顔がずっと映っていたんです。

そして次の日、S君は四十二度の高熱を出して入院したんですね。原因が全くわからない。

そこで、急いでお祖母さんに連絡してお札を送ってもらって色々処置をすると、やっと熱が下がって一命を取り留めたんです。

それ以来、S君は二度とそんな場所には行かないと心に誓っているそうです。

そんなお話をしてくれました。

事故物件一軒目

松原タニシ

とある心霊番組の企画で、若手芸人を幽霊が出る事故物件に住まわせ、カメラを備え付けて半年間撮影し続け、幽霊が映ったらギャラが貰えるという企画があったんですよ。

その企画に見事に抜擢されてしまいまして、そこから僕の〈事故物件住みます芸人〉というのが始まるんですけど、まずはじめに住んだマンションというのが、

・ワンルーム十畳、四万五千円
・大阪の中心地に歩いて十分で行けるという距離

という、好立地好条件のきれいなマンションだったんです。

十階建てで僕が住んだ部屋というのが、六階なんですよ。六階のとある部屋なんですけども、十階建てなのに、なぜか七階までしか部屋が空いてないんですね。八階から十階は全部閉鎖されているんです。

というのも、違法建築で引っかかったからだそうで、それから八階より上というのが閉鎖されてしまったと……そういう曰く付きのマンションでもありました。

さらに、一階部分が何故か全フロアぶち抜きで、片面が全部鏡張りの駐輪場になってまして、その雰囲気も何か気持ち悪いのか、住人が誰も自転車を停めていない。そこじゃなく、何故かマンションの前に停めているという、なんともがらんとした駐輪場があるんですね。

まあ、そんなマンションに住み始めたんですけど――。

まず初日に寝ていたら、電話がかかってきたんです。知り合いからの電話だったので、パッと出ましたらですね、

「もしもし、タニシか。おまえ今カラオケボックスにおるんか。女の歌声が聞こえて

きてうるさいッ」

って言われまして、しかもプッップツッと電波が切れるんです。

その電話かけてきた人というのは、いつもご飯連れて行ってくれる知り合いだったんでけれども、まあ、女の子の声が聞こえるわけないじゃないですか。部屋にひとりでいるんですから。

で、その日の映像を後で確認すると、電話に出た右手の少し離れた場所に、白い火の玉がぴゅんっと飛んでいる映像が映っていたんです。

いわゆるオーブといわれる物体なんですけど、そのオーブが日に日に増えていきまして、二日三日で二匹三匹と、どんどん増えていくんですよ。

一週間目になると、オーブが集合体になったのか、タオルみたいなものが目の前をぴゅっと通り過ぎる映像が撮れました。

で、その次の日に僕、マンションの入り口で轢き逃げに遭うんですね。

僕だけならまだしも、引っ越しを手伝ってくれた後輩芸人が三人、それぞれ別の場所で同じ時期に轢き逃げ被害に遭うという、信じられない現象が起こるんです。

　そのあとですね、京都のとあるラジオ番組に出た際に、その帰りにですね、初めて行く喫茶店で休憩しよう思ってましたら、喫茶店の奥さんにいきなり言われたんです。

「ちょっとあんた、入らんといて」

「あっ、僕ですか？」

「そうあんた、背中に女がしがみついてるから、店入らんといて」

　……って入店拒否に遭いました。

　コーヒーは飲まれへんわ、女しがみついてる言われるわ、もう無茶苦茶な……散々なことになったんです。

　どうやら何か取り憑いているのかな、と。

　そう思い始めたんですけども、まあ部屋でも変わった現象が起き始めまして。

鏡から何故か文字が浮かび上がってくる。

あとはラップ現象。

さらにはマンションの前に公園があるんですけど、夜中にブランコが永遠に揺れ続けているなんてことがありました。

他にも天井からからハイヒールの音が聞こえてくるとか……いろんな現象が起こるんです。

その中でも後輩が部屋に来た時に、まあ細い廊下になってるんですけど、後輩が僕の部屋に近づいてくる時に、後輩の真後ろにニット帽を被った男の人がピタッとくっついてるんですね。

で、後輩が部屋に入ってくるんですけれども、

「いま後ろ誰かおらんかった?」って聞いたら、

「えっ、誰もいるわけないじゃないですか。だってエレベーターもボタン一階の灯りがついてましたし、足音も聞こえなかったし、もし僕の後ろに誰かいたら、鍵を開け

る音がするじゃないですか。誰もいなかったですよ」

……じゃあ、僕が見たのは誰だったんだろう。

まあそういう現象が起きたりしたんですよ。

実はこの話、色んなところでさせてもらってるんですけども、まだ初めてさせてもらう話があるんです。

――一階の駐輪場に、実は髪の毛が散乱していた事があったんです。

この髪の毛、何なんだろうと思ってて、その日無茶苦茶臭かったです。獣の臭いがしてて、そのマンション特殊なんですけど、部屋の奥に避難器具設置室という扉がありまして、そこを入ると梯子になっていて、各階が繋がっている。

その日僕、一階に降りて駐輪場の裏側見たんです。懐中電灯持って。

すると、ちょうど髪の毛があった部分の裏側の位置辺りに、ずた袋が落ちてまして、うわ、これなんだろう……と思った瞬間に、足もとをピタピタピタピタっと何かに触れるという妙な体験がありました。

今考えてもやはり、一軒目の事故物件というのは、僕にとって一番印象に残っている事故物件でした。

としゆき

いたこ28号

この話は、ケイコさんという女性の方から聞いたんですけどね。ケイコさん、お金がないんですよ。どうしたと思います？

——事故物件に住むことにしたんですね。

マンションの六階の角部屋。そのベランダから男性が飛び降りた。

ケイコさん曰く、部屋の中で死んでないから大丈夫……どうかしてますよね。

まぁ、そうなのかと思って、「何かありましたか？」って聞くと。

「いや実はね……一カ月前なんだけど、私、部屋の真ん中で布団敷いて寝てたんだよね。そしたら真夜中に——」、

〈ケイコ、ケイコ〉って男性が呼ぶ声で起こされたと言うんですよ。

部屋には誰もいないんですよ。

えっ？　と思って布団の真ん中で正座してたら、

スッ……スッ……スッ……


──音がするんですね。何か摺っているような音なんですよ。

ケイコさん、それが何かわかって、すごく恐怖を感じた。……何だと思います？

──見えない誰かが摺り足で、部屋の中を歩いてる。

ケイコさんの周りを、見えない誰かがぐるぐるぐるぐる摺り足で歩いているんです。

ヤバい！　と思った瞬間、金縛りにあった。

ケイコさん、今までも金縛りにあったことはあったんだけど、正座した状態で金縛りにあったのは初めてだったんです。

あ、怖い怖い怖いと思ったら、そのぐるぐるぐるぐる回ってるやつが、男の声で何か言ってる。

〈……め……………か…………〉

その声がだんだん大きくなって、それ何かわかった。

……唄、歌ってるんです。

〈かーごめ、かごめ、籠の中の鳥が、いついつ出やる。夜明けの晩に、つるとかめが滑った、後ろの正面……だぁあれ〉

――後ろに止まった。うわ、怖い怖い怖いって思ったら、

〈ハァ……ハァ……ハァ……〉

そんな息遣いがだんだん近づいてくる。後頭部のギリギリのところで止まる。息がかかるくらいのところで、

〈ハァ……ハァ……ハァ……〉

うわ～気持ち悪い気持ち悪い、怖い怖い怖いって思ったら、すっとそれが離れていった。

あれっと思ったら、またぐるぐるぐるぐる回りだして、また唄を歌い出すんですよ。

でもね、今度それ……二人になってる。

同じ声の男が二人、唄を歌いながらぐるぐるぐるぐる回りだすんです。

で、また〈後ろの正面だぁあれ〉で止まって、ハァ……ハァ……ハァ……ハァ

……って近づいてくる。

うわぁっと思うと、また離れる。離れたらまた回りだして歌い出す。……と、三人になってるんですよ。

同じことを何度も何度も繰り返すたびに一人ずつ増えて、どんどんどんどん人が増えて、彼女の周りを同じ声の男が〈かごめかごめ〉を歌ってるんですよ。

でもね、はじめはケイコさん、めちゃくちゃ怖かったんだけど、だんだん腹が立ってきたんですね。

明日早いのになんでこんな目に遭わなきゃならないの？　って思って腹が立ってきて、何度目かの〈後ろの正面だぁあれ〉で止まった時に、ケイコさん、

「うるせえ、変態ヤロウッ」

……叫んだんですね。

と、金縛りが解けた。

気配もなくなった。

ああ、良かった、助かったと思って立ち上がって、この部屋から出ようと思ったら後ろに誰かいるんです。

ふっと振り向いたら、二メートルぐらいある真っ黒な男が、首を横に折り曲げて、上からケイコさんを覗いていた。

うわっと思ったらそいつ、左右に体を振りながら、

〈としゆき……としゆき……としゆき……としゆき……としゆき……としゆき…としゆき！〉

何度も名前を連呼する。ケイコさん……そのまま気絶したって言ってましたね。

それからその幽霊、出てないそうなんですが、ケイコさん。お金が貯まったら引っ越すそうです。

ただ、ケイコさん僕にこう言うんですね。

「いたこさん、いま凄く悩んでることあるんですよ。もしあの幽霊がまた出たら……〈後ろの正面だぁあれ〉で止まった時に、〈としゆき〉って名前言ったほうがいいんですかね……？」

そう、言ってましたね。

通学バス

あみ

普段いろんな所でお話しをさせていただいているのですが、もともと僕、聞くのも好きなのです。なので、例えばライブが終わった後にお客さんから話を聞いたりですとか色んなところでお話しを聞きます。

このお話はですね、とある現役の女子高生——高校二年生なんですけども——その彼女が通学の時に体験した話なんです。

皆さん学校へ行くには徒歩だったり自転車だったり手段は色々あると思うのですが、彼女はバスで通学していました。家の近くにバス停がありまして、それ乗っちゃえば乗り換え無しの一本で高校の目の前のバス停に行けちゃうのです。

なので、いつもそのバスで通っています。

その日もいつもの時間に起きて、いつもの感じで家を出発すると、いつもの時間にいつものバス停に着く。

だいたいいつもの方々が並んでいるので彼女もその後ろに並びました。

すると程なくしてバスが向こうから来るんです。目の前に止まるとプシューっと音が鳴りドアが開きまして、中に入っていく。

入ってみて（うわー……）と思いました。結構混んでいるのです。満席とまでは言わないですけど、結構混んでいる。

（あ～これは座れないかなぁ）と思ったのですが、見回して（おっ！）と思いました。

後ろから二番目が空いていたのです。

（あ、あそこ座ろう）と思って、「すみません。すみません」と言いながらそのまま後方まで行き、「フゥー。よかった」っと座ったのです。

座るとバスがエンジンをブーンと鳴らし出る。次のバス停まで結構距離があるんです。結構あるんですけどね、ブーンと出たバスが急にキィィっと止まって、プシュー。前のドアが開くんですよ。

（えっ……？　まだバス停じゃないのになぁ）と思っていたら、女性がひとり乗ってきたんです。

この女性、顔がうつむいているもので、長い髪がたらーんと前に垂れているんですよね。そんなかんじて乗ってきて、そのまま立っている。

（え、なんで？　バス停じゃないのに……）

そう思ってる間にまたプシューって鳴り、ドアが閉まってブーンとバスは走り出しました。何か、やっぱり気になりその女性のことを見ていたのです。

見ていると、

（あ、だめだだめだだめだ……）

と思ったんですね。

どういうことかというと――。

例えば、つり革を持って本読んで立っている男性がいるんですけれども、この本と男性の顔の間に、その女性ぬぅっと顔を入れて、男性の顔を下から覗いているのです。

座って携帯電話をいじっている若者がいると、その携帯電話と若者の顔の間にも、ぬぅっと顔を入れて若者の顔を下から覗いているのです。

これを見て彼女が「うわっ、だめだ！」と思ったのは、それに対して、誰もリアクションをとっていないのです。

誰も反応しない中を、女が次から次へぬぅっと顔を入れている。

……気づいたんですよね、彼女。

これ、前の人から一人ずつ順々に覗いている……。

それに気づいた瞬間、

（うわ、うわ、どうしよう、なんで誰もリアクションとらないの）

パニックになりました。

でも彼女には見えてるんです。

（うわ……どうしよう、私これ見たら絶対リアクションとってしまう！　とったらダメな気がする！）

そう思っている間にもその女性、一人ずつ覗き込みながら、バスの真ん中あたりの所まで来ているのです。

（うわ！　どうしよう、どうしよう……）

とりあえず、見たらやばい気がして、（寝たふりしよう！）と、目をつぶったのです。

目をつぶって、（来るのか？　来るのか？　来るのか？）って身構えていた。

しばらくしたら……。

目をつぶっていてもなんとなくわかるんですよね。

すぐそば目の前に、ぬぅって、それが来たんです。

（うわぁ……早く行ってくれ、早く行ってくれ、早く行ってくれ……！）

でもまだそこにいるのです。

（うわ、長い、長い、長い！）

まだそこにいる。

（長い……長い……）

そう思っていると、ようやくスーっと気配が去ったんです。

（うわぁ……良かった……）

すぐに目を開けたいのですが、自分は後ろから二番目なので、今すぐ開けたら目の間にいる可能性があると思ったんですね。

（これ、まだ開けちゃだめだ、もうしばらくちょっと目をつぶっていよう。もう数分、つぶっていよう……）

そう思って我慢したんです。

結構経ったんで、そろそろ大丈夫かな？（と思い目を開けると、向こうの方、バスの真ん中らへんにその女性が立ってまたうつむいているんです。

（はぁ……良かった。怖い。何なんだろう……気持ち悪い……あんなのと一緒に乗っていたくない）

そう思っていると、ちょうどバスが自分の通っている高校の目の前のバス停にキィーって止まったんです。

（うわぁ、良かった。降りれる！）

そのままプシューっと音が鳴り、バスの真ん中のドアが開きましたので、席から立ってドアに向かう。真ん中辺りでその女性の横を通る時に、その女性がちょっとよろけてきたのですが、それもちゃんとよけて、そのままバスから外に一歩出ながら、ハッとしたんです。
（いや、待って、これ……避けちゃだめだったんじゃない？）
そう思いながら後ろを振り返ると、
女はこちらを見ながら、

「おまえ、見えてんだろ」

直後プシューッとドアが閉まり、バスはブーンと出ていったんです。

これ、怖いのは、この子まだ高校二年生、卒業まで一年半あるんですよね。
見えているという事は知られてしまいましたよね。
次にその女が乗ってきた時、彼女どうなってしまうんでしょう……。
そんなお話でした。

くしゃみの話

桜 金造

うちの猫がですね、くしゃみが止まらないんですよ。で、お医者さんに聞いたらね、「風邪じゃねえか」と。お医者さんに「猫が風邪ひきますかね」と言ったら、「何を言ってるんだよ。猫だろうが犬だろうが猿だろうが馬だろうがね、イルカだって風邪ひくんだよ」と言われて……。

これはね、アメリカ西海岸の水族館で本当にあった話。

その日も家族連れでいっぱいだったそうですよ。子供もいっぱい。大人気。イルカのショーが終わってアシカのショーが終わって、いよいよシャチ。シャチのショーです。可愛らしい女の子が出てきました。飼育係のね、そしてウェットスーツを着てホイッスルを吹くとね、でーっかいシャチがね、ガッバーと頭を出して、そのお嬢さんのほっぺにキスをする。

また合図をすると今度はね、口をウッワーと開けるんだな。そしてその口の中にね、そのお嬢さんが頭を突っ込んで客席の方を向いて手を振る。

シャッターチャンスですよ！　みんなが構えてそのシーンを撮ろうとした瞬間、
ウワァオウ
妙な音が響き、え？　と周囲がふと静まった。

ザッパァァァン！

水を打つ音、そして飼育員がプールに落ちている。

キャアアアアとあちこちで悲鳴が上がっている。

シャチがね、くしゃみをしたわけですよ。見るとね、首から上が無い飼育係がプカプカ浮かんでいる。

つまりね、くしゃみをした拍子に、首を噛みちぎってしまったんだね。

首の傷口のところからね、まるで炭鉱の石油が湧くみたいにね、
ゴブォ、ゴブォ

と血が出ていたそうですよ。そうするうちに、血がみるみる広がってプールが真っ赤に染まったっていうんだな。

それでね、首の無いウェットスーツを着た死体だけが、プッカプッカ、プッカプッカと浮かんでいる。

その真っ赤なプールに、シャチがゆっくりと泳いでいる。

それを子供たちがじっと見ていた。

——という本当にあったお話です。

さすがベテランの語り口、桜金造氏。

結果発表！

【ファイナリスト決定戦・結果発表】

一位　三木大雲
二位　響　洋平
三位　ぁみ
四位　いたこ28号
五位　伊山亮吉
六位　山口綾子
七位　松原タニシ
八位　桜　金造
九位　Bugって花井
十位　田中俊行

上位四名が準決勝へ進出！

第4章
ファイナルステージ

ファイナリスト決定戦を勝ち抜いた4名が準決勝へ、さらに2名が決勝へと進む。
ここからは審査員をお招きした。
ハイレベルな戦いを制し、初代最恐位【怪凰】に輝くのは誰だ!?

【準決勝出場選手　出演順】
①響　洋平
②いたこ28号
③ぁみ
④三木大雲

【審査員】
岩井志麻子（作家）
御茶漬海苔（漫画家）
北野　誠（タレント）

帰りのタクシー

響　洋平

この話、実はちょうど十日前に起きた話なんですよ。

先週の水曜日なんですよね。深夜、確か一時二十三分、私の友人で医者をやっているA君からメールが来たんです。

〈響さん、今めちゃくちゃ怖い思いをした。タクシーの中で金縛りにあった〉

そんなメールでした。

私びっくりして、すぐに彼に返信したんですよ。まあA君は私が怪談好きと知っているので連絡をくれたんですが、私、早速彼に何があったのか聞いたんです。

その日、A君は病院の仕事が終わったのが夜の零時を回っていたと言ってました。

家に帰ろうと思って、病院を出てタクシーに乗ったんですね。

で、個人タクシーだったらしいんですが、その時 車の時計が〇時五十三分だったのを覚えている、そう言ってました。

「運転手さん、目黒を抜けて学芸大学の方まで行ってください」

いつもの帰り道のルートを伝えたんですよね。

すると運転手さんが、

「あ、僕ねえ、その道、大得意なんです！」

妙〜に高いテンションで返事してくれたんですが、それ子供の声だったんです。

えっと思って見ると、もちろんそんなことはない。六十代ぐらいの初老の男性なんですよ。

変だなあとは思ったんですが、まあ、車ももう動き始めている。

次にA君がおかしいと思ったのは〈臭い〉なんです。

その車の中、獣の死体のような臭いが充満しているんですよ。

(うあぁ……気持ち悪い)

そう思ってA君、窓を開けようとしたんです。

で、窓をふっと見ると今どき珍しいんですが、ハンドル式の手動の窓だったんです。

なんとか回して開けようとしたんですが、そのハンドルがビクともしないんです。あれっと思ってガタガタやってると運転手が、

「その窓、勝手に開けられると困るんで、壊してるんです」

って言ったんですよ。

もうその時点でちょっとおかしいじゃないですか。

A君、ちょっと気持ち悪いな……そう思ったんですよね。

そこからしばらく沈黙が続いて、車がだいたい目黒の辺りを差し掛かった頃です。

突然運転手が、「お客さん、医者ですよね」って言ったんです。

A君ちょっとびっくりして、思わず正直に答えてしまいました。

「あっ、はい、そうですけど」

運転手は頷いて、「じゃあ、○○病院って知ってます?」て言うんですよ。

まあ、あえて名前伏せさせて頂きます。○○病院とさせてください。

「僕ねえ、○○病院にずーっと入院してたんです」

運転手は続けてそう言いました。

A君、医者だから知っていました。この○○病院というのは、実は戦時中に軍の研

究機関があった病院なんです。今はもうないんです。存在しない。

（……何言ってんだ？　この人）

A君、そう思った。

すると運転手がくるっと後ろを振り返って、

「あなた医者でしょう、医者だったら人体実験とかするんですよね。手とか足とか切り刻むんでしょう？」

そんなことを言ってきた。

A君ぎょっとして、「いや、俺はそんなことしないっすよ」って言って話をごまかしました。

しばらくまた沈黙が続いたのですが、突然A君の右の耳から、キーーーーーンという耳鳴りが聞こえたんです。

えっ？　と思って困惑していると、もうその時点で体が動かないんです。

そう、完全に金縛りにあってるんです。

思いっきり力を入れるんですがビクともしない。

（うわ、どうしよう……）

そう思った時、右側からザワザワザワザワザワ……と、どの国の言葉でもない、聞いたことのない言語で何かがしゃべりかけてきたんです。まるでテープを逆再生したような声だったと言っていました。

（ヤバい……どうしよう……）

必死に抵抗しながら、A君ふっと前を見たんです。

……その運転手、何してたと思います？

バックミラーに手をかけて、鏡越しにA君を見てニタニタ笑ってたそうなんです。

（この人おかしい！）

A君はそう思って目を閉じ、必死に抵抗したんですが、ある事に気づいて失神しそうになりました。

耳もとで聞こえる、どこの国の言葉でもないおかしな言語……それとまったく同じ言葉を運転手がずっとしゃべっている。

シンクロしてるんですよ。

（なんだこれ……）

A君は目を閉じて、ただひたすら（助けてください、金縛りをといてください）と心の中で祈りながら、必死に手足に力を入れていると、その運転手がウワァーッと何やらすごい勢いでしゃべり始めて、突然ふつりと口を噤みました。

それでA君、金縛りがとけたんです。

「運転手さん、もうここでいいから降ろしてください」

A君、言いました。

で、車が路肩に止まったんですが、降りるときに運転手がひと言。

「忘れ物ないですか？」

そう、言ったんです。

「いや、忘れ物ないです」

A君が答えたら、

「いやいや、忘れないですから」

「………」

その運転手、「忘れ物ないですか？」ではなくて、「忘れないですから」って言ってたんです。
A君それに気づいて「え?」とこぼしたら、その運転手——もの凄く大きな声で、
「お前のこと、絶対忘れないからな」
って言ったそうです。
A君、逃げるように車を出たと言っていました。
その運転手、一体何に取り憑かれていたんでしょうか……。
ほんの、つい十日前のお話です。

まがまがしい

いたこ28号

僕、大学生の時に空手やってたんですよ。でね、二回生の時にとんでもないことに気づくんですよ。

――このままじゃ彼女ができない。で、同じように危機感をもったクラブの人間とですね、サークル作ったんですね。ちょっと軟派なサークル。

そしたらいっぱい部員集まって、女の子も集まった。

これおまえ、今がチャンスや！　て、なんかイベントやらなあかんな言うてやったのが、一泊二日のテニス会。

僕、テニスなんかできないです。でもね、作戦があったんですよ。

泊まるペンションの近くに山があった。

山がある。

女の子と親密な関係になる。

あれしかないじゃないですか。肝試し。

で、行ったんですよ、ペンションに。その夜ですよ。

ちょうどいい山があって、その山から下りてくるようなルートがあったんですよね。

皆さんもそうだと思うんですけど、怪談好きってね、脅かすのが好きでしょ？

僕も人を脅かすの好きなんですよ。じゃあ俺、脅かす役やるよ！　言うて。真っ暗な山道に隠れて待ってたんです。と、上から二人がペアで下りてくる、それをうわぁぁって僕が脅かしてやる。

……四人ぐらい脅かしたところで、あることに気づくんですよ。

これじゃ……親密な関係になれないじゃないですか！

だんだん腹立ってきて、「こんなんいやや、俺もペアで下りよ！」思って、ぽっと道に出たら、真っ暗な山道なんですよ。ま、月明かりで人はわかるんですよ。

と、ひとりだけね、下りてくるやつがいる。

おかしいんですよ。

まだペアのグループいっぱいあるのに、ひとりだけ下りてくる……。

で、だんだん近づいてみたら、それ一回生のね、俺と同じく脅かす役をやっていた男の子なんですよね。

「どうしたの？」

って聞くと、

「いや……」

って言う。ちょっと様子が変なんです。

「おい、ほんとどうしたんだ？」

「い、いや……」

ってまたそう言う。

「いやいや、おまえちょっと様子変やろ。もしな、何かあるんなら俺に言うてくれ」

そう言いましたよ、すると彼、

「じゃあ先輩、手伝ってください」

そう言ってふっと背を向けて、山を上がってくんですよ。

もう絶対あかんパターンじゃないですか。

「おいおいちょっと待て！　ちょっと意味わかんないから、ちゃんと言ってよ」

って言ったら、

「先輩……逃げないでくださいね」

って言うんですよ。

これもう絶対あかんパターンやないですか。でも一応聞かなあかんから、

「どういうこと？」

言ったら、

「あのね、僕ね、脅かそうと思ってね、あの山の中に鳥居あってね、そこにぶらさがったら鳥居が折れて、倒れたんです。だから一緒にそれ、立てて欲しいんです」

って言うんです。

絶対あかんじゃないですか、こんな。神様系、あかんじゃないですか。

で、もうとりあえずここは誤魔化そうと思って、

「いやな、今は暗いから、明日明るくなったら俺手伝うから。ね、そうしよう」

言うて、なんとか終わらせたんですよ、そん時は。

で、朝六時ぐらいです。

ドンドンドンドンって部屋のドアが叩かれるんですよ。

……そいつなんです。うわぁって思った。でもしょうがないから、

「じゃあ行くよ」

って、行ったんですよね。

でもね、おかしいんですよ。さっき言ったみたいに、ルート決めてますよね。

なのに彼、横道に入って、どんどん違うところに行こうとするんですよ。

いや、こんなとこ人来ないし、なんでこいつこんな奥まで行ったんだ？　って思って……ほんまにそんなとこに鳥居あんのかなって考えてたら、ある程度山の中入ったところで、二メートルくらいの木でできた鳥居が倒れてました。

見たら折れてはなかったんですよ。地面に、穴がぽこっとふたつ空いてるんでね。

あ、これ立てれるな、とにかく立てよう思って立てたんですね。

じゃあ最後に一応、神様に謝ろういうて、こう柏手を二回打って、僕、目つぶったんですよ。

ちらっと横見たらそいつも目つぶってました。

で、そこの鳥居なんですが……ちょっと変なんですよ。

普通ね、鳥居があったら、その向こうにお社とかあるじゃないですか。そこね、草

むらになってて、ちょっと行ったら崖なんですよ。

だから、なんかここ変やなぁ……思いながら目つぶっていたら、ガサガサガサッっって音がしたんです。

ふっと見たら、鳥居の下にあるものが出てきた。

何だと思います？

――狐。

それが見た時、僕、すっごい美しくてね、ちょっと感動した。神々しいって言うんですか、そんな感じやったんですよ。で、わぁすごいな思うて、横にいるやつのほうを見たらですね、そいつなんかうぅって呻いて、震えて泣きだすんですよ。

「おい、どうしたん。狐やん」

言うと、

「違う、あんなんキツネじゃない、キツネじゃない」って。

「いや、キツネやん」

「キツネじゃない」

って噛み合わないまま、またひどく泣きだして。

そしたらキツネはふっと後ろ向いて草むらに帰って行ったんですね。

そのまま泣いているから、しょうがなく抱いて起こして、戻ったんだけど、それからそいつ、大学来なくなったんです。

で、そのまま大学辞めちゃたんですよね。

今考えたらあれ……僕はキツネに見えたけど、あいつにはキツネじゃなくって、もっと別の禍々しいものに見えてたのかなって思うんですよね。今さらですが。

司会進行は住倉カオス（右）がおこなった。

秘密基地

あみ

僕、怪談は喋るのもの好きなんですけど、やっぱり聞くのも好きなので、ライブの後にお客さんから聞いたりもするんです。せっかくなんでね、全国ツアーの時にほんとついこないだ聞いたばかりの話があるのでさせていただこうと思います。

話をしてくださった方、この男性と言うのがですね、バイクがすごい好きなんです。ただ最近、休みのたんびに雨、休みのたんびに雨、というのがけっこう続いたらしいんです。

で、久しぶりにパーっとしっかりと晴れた休日を迎えたもので、奥さんと四歳の娘さんがいるのですけど「ごめん、今日は行かせて～！」と頼み込み、一人でツーリングに行ったんです。

神奈川県の一軒家にお住まいなんですけども、静岡方面にバイク走らせましてですね、行く宛てとかはとくに決めていないんです。ただ、なんとなく結構遠くまで来た時に、(わあっ)て思ったんですね。

と言うのも、たまたま走りながらパッと見た向こうの方の景色と言うのがちょうど、小さな頃に両親とよく行っていた田舎のおばあちゃん家の辺りだったんですよ。(うわぁ懐かしい)と思って、せっかくなのでそっち方面に行こうと思ったんです。ただ、二十年以上前の自分が小学校低学年時に、おばあちゃんは亡くなっちゃっているので、家自体も取り壊してもうないんです。

でも走りながら、(ああ、この道でよく遊んだなぁ)とか、(この広場あったなぁ)とか思うと楽しくて、懐かしみながらしばらく走って、とある所でバイクをキィっと止めたんです。

茂みがあるんですよ。見覚えのある、懐かしいところ。

この茂みの奥、(あれまだあるかなぁ) と茂みをかき分けながら進むと、そこに、林に囲まれた一軒の廃屋があるんです。

うわぁ、懐かしいなー。

もう二十数年経ってますけどね、わりと当時のままというか、まぁもちろん廃屋なんでボロボロなんですけど、わりと思い出の中の形のままそこにあったのです。

当時、それを見つけた時「秘密基地やぁ!」って思って、よくそこで遊んでたんです。なので、当時を思い出しながら廃屋の中に入り、(うわ、懐かしい……ここで遊んだなぁ。地元の子ともここで仲良くなったりして、一緒にかくれんぼとかしてたなぁ) とか、そんなこと思い出し、懐かしがりながら二階へ。

廊下の一番奥の和室まで入った時に、(あ、そうそうここの押し入れね、よく隠れたわぁ) なんて思ったりと、子供時代に戻った気分で凄く楽しんだんです。

そのまま (よし帰ろう) と思って二階の廊下を歩きまして、階段を一、二段下りようとした時に、「おわっ!」ってびっくりしたんですよ。

小さな男の子がね、階段の下に向こうを向いて立ってるんです……。

向こうを向いてそこに立ってるんですど、直角と言いますか、その子の頭がガクンと真横に九十度折れて立っているんです。

(ええっ⁉)

驚いていると、その子、その状態からこっちをクルッと向いて、目があったんです。そして、そこから一段ずつ上がり始めたんですよ。

「うわぁあああ!」

物凄い恐怖で、とりあえず慌てて逃げて、廊下を奥まで行ったんです。和室まで行ったんだけどどうしたらいいかわからない。

とりあえず押し入れが開いてるから、その押入れの下の段に隠れてふすまをガッと閉めたんです。

押入れの中でシーンとした中、ガタガタ震えて、

(えっ、えっ、何? さっきの何……⁉)

思っていると、そのふすまの向こう、シーンとした和室の畳を、
ミシッ……。ミシッ……。
（入ってきた……！　どうしようどうしよう！）
ミシッ……、ミシッ……、ミシッ……。
（……こっちに来てる!?）
その足音がこちらに近づいて来ているのがわかる。
ふすまのすぐ向こうでその足音がしたかと思うと、シーンとした中、ふすまの端に、
ググッという感覚があったあと、勢いよくスバーーーン！　と開いたんです。
「うわぁあああああ！」
びっくりして目の前、ふすまが開いた先をに目をやる。
でも、そこには誰もいないんです。

（誰もいない……）

シーンとした中、畳が見えている。その開けたふすまの端から、その子が顔を出したんです。

その顔、目とか鼻のパーツがぐちゃぐちゃになっていて、口は大きく横に歪んでました。その状態で、

「待ってだよ！　待ってだよ！」

って言うのです。

「うあああああ！！」

もうパニックです。なおも、

「待ってだよ！　待ってだよ！」

と言いい、そのまま中に入ってくるんです。入ってくるから、「うあああ！うああ

ああ！」後ずさりをする。

怖くて自分の両手を口元に当てて「うわぁあああ」となっていると、入ってきたその子がその両手の手首をガッと掴んで左右にぐぐぐぐーっと押し開こうとしてくるんです。

「うあっあっあっあっあっ」

もうまともに声すら出ないでいると、男の子はぐぅーっと押し開きながら、その間からぐぐぐぐぐぐぅって顔を近づけてくるんです。

「あ、あ、あ、あ、ああああっ」

ぐぐぐぐぐぅぅ。

どんどん、どんどん近づいてきて、顔が触れそうになりながら、そのままスッと消えて行ったんです。

「うわあああっ」

とりあえず這い出して、そのまま廃屋から出て、茂みをかき分けバイクに乗って出たんです。

「え、なに⁉　なに⁉」

（こんなことあるんや……実際にこんな体験ってあるんや……）

初めての事に恐怖が押し寄せてくる。

（とにかくむちゃくちゃ怖い……）


でも、そこから自宅まで結構な距離があるのでほんの少しずつ少しずつ落ち着き、途中走りながら、サービスエリアにも寄りながら、少し落ち着きを取り戻していったんです。

（はじめてこんな体験した……こんなことほんとにあるんや……でも、よかった。逃げきれてよかった）

なんとなく自宅が近づいてきた頃には、結構落ち着いてきて、自宅の近くに着いた頃には夕方頃。自宅の一軒家が見えてくると、家の窓からパーっと明かりがもれてきているのを見て、その時に温かい感じと言うか、ホッとして（とにかく逃げきれてよかった、もう大丈夫、家族が待っていてくれてる……ほんとよかった）と、玄関をガラガラって開けました。

するると、奥のリビングから娘さんが駆け寄ってきて、

「パパー、パパー、待ってでだよー！　待ってでだよーーー‼」

まだ終わらない……。

そんな話でした。

シェアハウスの一室

三木大雲

この話は、関西にある一軒家を買い取ってシェアハウスを経営されている不動産屋さんの方からお聞きした話です。

そのシェアハウスは二階建てで、女性専用なのシェアハウスで、一階と二階に二部屋ずつという作りになっております。

一階の部屋に一人ずつ、二階には二部屋ありますが、一人だけが入居されておられます。二階にある一番端っこの部屋は、大家さんが荷物を入れてあるから開けないでくれと一応鍵がかけられています。

このシェアハウスの一階の左の部屋に住んでいるのが、私の知り合いの女の子です。いつも私の家に来るたびに「シェアハウスの隣の部屋の人のいびきが凄くうるさくて困っているんです」と話をしておりました。

ある日、一階の隣の部屋の女の子と二階に住んでいる女の子が、ふたりとも里帰りをしまして、今日は静かな夜を迎えられるなあと思って寝ていたそうなんです。

するとどこかから、

くかかかかかか——、すううううう——

いびきのような音が聞こえてきたそうです。

——おかしいなあ、今日はひとりやのに。いびきをかく人なんか、いないはずなのになあ。

そう思いながら、ちょっと耳をすましていると、どうもその音は、二階から聞こえて来ている様なのです。

そのまま二階に上がり、さらに聞き耳を立てると、大家さんが荷物を置いておられるという部屋から「くかかかかか——、すううううう——」という音が聞こえてくる様なのです。

彼女は、開くかどうか、その部屋のドアノブをカチャカチャとやったら、鍵が簡単に開いたそうなんです。

そこで、大家さんには申し訳ないと思いつつ、部屋の中に入ったそうなんです。部屋の中には、大家さんの荷物が沢山置いてあったので、その荷物を少しどかしながら、音の聞こえる元を探したそうなんです。

すると、部屋の壁に面したクローゼットから、どうやらこの音が聞こえて来るらしいのです。

そこで彼女は、思い切ってクローゼットを開けました。そこには、ハンガーをかけるためのポールがあるだけで、服は一着も掛けられていません。ただ、一本のネクタイがポールからぶら下がっていたそうです。

ネクタイが吊されているなあと思いながら、そのネクタイの先を見ると——生まれたばかりの赤ちゃんがネクタイで首を吊っていたそうです。

彼女は、驚いてすぐに部屋を出て、一階に下り、不動産屋さんに連絡を入れ警察を呼んで頂いたという事でした。

その不動産屋さんも私の知り合いでしたから「三木住職も一緒に来てください、女の子がパニックになっています」ということで、私も駆けつけました。

そして警察の方のお話を聞くと、彼女が見たというその赤ちゃん、実はクローゼットの中にもどこにも居ないというのです。

でも彼女はしきりに、あのいびきみたいに聞こえていたのは赤ちゃんが苦しんで息を継いでいた音だと言います。

でも警察の方は何もないとおっしゃってますよ、と言うと不動産屋さんが、

「三木住職、実はですね、ちょっとよろしいですか？」

と、私を皆と離れた所まで行って、こんな話をされました。

そのお話しによると、

「実はこのシェアハウスは、以前に若いご夫婦が住まれていたんです。そのご夫婦に子供が出来たんですけど、奥さんが育児ノイローゼになって、ご主人のネクタイで赤ちゃんを首吊り状態にして殺してしまったんです」

と教えてくださいました。

その話をその女の子にしました。そして、一緒に、この場所があるかぎり赤ちゃんの供養しましょう、と提案させて頂きました。

　それから数年が過ぎた頃、その女の子もその場所を出て、結婚されて子供さんが出来ました——その子が、三歳くらいになって、話が出来るようになった頃、その子がこう言ったそうです。

「お母さん見たの、二回目だね」

と。彼女は「え？　なに？」と子供さんに聞くと、

「僕をクローゼットの中で助けてくれたでしょ」と。

　おそらくあの時のクローゼットの中の赤ちゃんが、「この人がお母さんになってくれたらなあ」と思って、その女性の子供に生まれ変わられたんでしょう。今は家族で幸福に暮らしておられます

観客たちが引き込まれた三木大雲氏の怪談語り。

結果発表！

優勝は、イベントを締めくくるグランドフィナーレにて発表された。壇上にて青・三木大雲、赤・ぁみの札を、それぞれ審査員が上げる形式。北野氏は赤、岩井氏が青の札を上げる中、最後の審査員 御茶漬海苔氏が赤札を上げ、ぁみの優勝が決定した。

最恐位「怪凰」に贈られるのは、この時のために特別にデザインされたトロフィーだ！

感涙にむせぶぁみに、怪談冬フェス最高顧問である稲川淳二氏は「いやぁ、ぁみちゃんはね、すごい情熱的だし感性豊かでしょ。初めて彼に会ったのはとある番組で『稲川さんの大ファンがいる』って紹介されたんだけど、言ってるそばから突然ドドーンとこの大きなのが来てね、トドかと思った（笑）おめでとうね、ぁみちゃん良かったね～」と言葉をかけた。

闘いの幕は閉じた。しかしその座を目指して、
新たな闘いがはじまる——。

第5章
怪談最恐戦
投稿部門

怪談最恐戦2018〈投稿部門〉として開かれた【最恐戦マンスリーコンテスト】。

毎月お題に沿った1,000字以内の実話怪談を募集し、その月の最恐賞を選出。

さらに、4月～10月の最恐賞の中から最優秀作品1作が、怪談最恐戦2018〈投稿部門〉の大賞に輝きました。

四月のお題「人形」【最恐賞】

ぼんじょのぬくろ

鳴崎朝寝

友人のE子さんが小学生の頃、家に帰ると汚れた布袋のようなものが転がっていた。綺麗好きの祖母がいたので、そんな物が床に転がっていること自体、珍しかった。頭の大きなてるてる坊主のようなものに、ごく雑にマジックで目鼻が描かれている。人形なのだと――それも、玩具というよりは誰かのお土産《みやげ》か何かだろうなと思った。

『アハハハ‼』

手に取ると突然それから笑い声がして、E子さんは身を竦《すく》めた。機械を通したような甲高《かんだか》い声だった。ただ、持った感じ、中は何かぶよぶよとしたものが入っているようだ。

触ると、何か音が出る仕組みなのかもしれない。

家には誰もいなかった。

両親は働きに出ているし、祖母は入院している祖父のところへ行っている時間だ。ひとつ上の姉はまだ帰ってきていない。

『ハハハハッ!!』

持っているだけなのに、また笑う。じわりと持っていた手が濡れる感触があった。そのとき、姉が帰ってきた。同じクラスのＹちゃんも後ろにいる。

「ただいまー」

暢気《のんき》にそう言った姉は、玄関を入ってすぐの廊下に座り込んでいるＥ子さんを見るなり、唐突に怒鳴《どな》り声をあげた。

「ちょっとあんた、何してんの!!」

それに、ひぃ、というYちゃんの奇妙な悲鳴が重なる。

二人の反応に驚いたE子さんの手元で人形が笑った。

『ギャッハハハ!!』

E子さんに駆け寄った姉は、物凄い勢いで彼女の手からそれを叩き落とした。

同時に声がやみ、家の中がしんと静まる。

人形から声がした。

「邪魔すんな、ぼんじょのぬくろが」

低くて抑揚のない、聞き覚えのない男の声だった。

後半の言葉の意味はわからないが、どこかの方言のように聞こえたという。

目をやると、先程までの出鱈目《でたらめ》に描かれた顔ではなく、布の中から浮き出たような白い顔が姉を睨んでいた。

姉は気が強い性格だったそうで、それを乱暴に蹴るとE子さんの腕を引いて外に出た。

ドアが閉まると同時に二人はわんわん泣き、それに気づいた隣家のおばさんが保護してくれた。

E子さんが「濡れた」と思った手は、泥水のようなもので茶色く汚れていた。姉は最初それを血だと思ったらしく、それでE子さんを怒鳴りつけ、駆け寄ってきたのだと言う。

家族が帰ってきて、すべて片付けられた後にE子さんたちは中に戻ったが、その人形については家族の誰も心当たりはなかったそうだ。話は半ばタブー的になり、親は未だに中身について教えてくれない。

一度きりの出来事だという。

四月のお題「人形」【佳作】

落雁

春南 灯

昭和三十年代、北海道内のとある寺に、いわくつきの人形が納められていた。

その人形の作者は、もともとは人形師をしていたというタコ部屋労働者で、過酷な労働により無念の死を遂げた同輩の魂を慰めるため、男女一対の人形を作成した。

その後、どのような経緯を辿ったのかは不明だが、女の人形だけが寺の近くに住む千田さんの手に渡り、それからというもの千田家では不幸が続き、まだ幼かった娘までもが突然亡くなってしまった。

幾ら何でもおかしいと感じた千田さんは、人形を寺に納めると、逃げるように遠方へ引越していったという。

当時、この寺の檀家だった清水さんは、月に数回、本堂の掃除を手伝っていた。

いつもは数人で作業するのだが、その日は時間になっても誰ひとり現れず、やむなく一人で本堂へと向かった。

薄暗い廊下を進み、本堂の前に辿り着くと、何やら硬いものを噛《かじ》るような音が聞こえる。

「カシ……カシ……カシ……カシ……」

（ネズミでも入りこんだのかしら……）

おそるおそる襖《ふすま》を開くと、薄暗い本堂の奥にある供物台の前に、幼子の背中が見えた。

「何してるの！」

大声で叱った途端、幼子はパタリと真横に倒れた。

慌てて駆け寄ると、倒れていたのは幼子ではなく、本堂の片隅に置かれていた人形。

元の場所に戻すため拾いあげると、口元に白っぽい粉がついている。

まさかとは思いつつ、供物台の上に目をやると、お供え物の落雁《らくがん》に無数の小さな歯型がついていた。

その後人形は、住職の読経に合わせて頭を上下に振っている姿や、本堂の中を歩き回る姿が、複数の参詣者によって目撃され、「気味が悪くて、寺へ行きたくない」という声が多数あがり、住職の手によって納棺され荼毘《だび》に付されたという。

五月のお題「家」【最恐賞】

階段

春南 灯

かつて、夫の祖父母が住んでいた空家に、夫婦で引越す事になった京子さんは、荷物を入れる準備をする為、ひとりで空家を訪れた。

築五十年になる古い平屋だが、二人で住むには充分な広さだ。

鍵を開け中に入ると、玄関からのびる薄暗い廊下の突き当たりに、大きな棚が見えた。

近付いてみると、棚の裏からうっすらと光が漏れている。

中身のない棚は軽く、慎重に階段脇へ除けると、埃の積もった階段が露わになった。

踊り場には、採光と換気の為だろうか、小さな窓が設けられており、暗い階段に光が注がれている。

――ここも掃除しないと……。

階段を数段上がったところで、何かが額に当たり、バランスを崩して階段から落ちてしまった。

痛む臀部を擦りながら、階段を見上げると、白っぽい「つま先」が、ぷらんと宙に浮いている。

その時、ポケットの中でスマホが鳴り響き、一瞬、目を逸らしている間に、それは消えてしまった。

なんとなくだが、階段は「塞いで」あったのだと察した京子さんは、再び棚を動かして階段を塞いだ。

帰宅した夫にこの話をしたが、この階段の存在を知らないという。

翌朝、夫と見に行ったが、棚をよけても壁があるだけで、階段などどこにも無かった。

京子さんは、その後予定通りこの家に引越し、現在も住んでいる。

棚は、なんとなく動かさないほうが良いような気がして、そのままにしてあるそうだ。

五月のお題「家」【佳作】

安全な自宅

鳴崎朝寝

当時の同僚のMさんは、引っ越しを決めた私に「いいなあ」と言った。

Mさんは独身の男性で、かつて一人暮らしに憧れた時期があったそうだ。金銭的にも無理はないのだが、結局は今も実家で暮らしている。

「部屋を見にいくのが苦手なんです」

内覧。確かにあれは独特だと思う。

人の住んでいない部屋など見慣れないから、妙にがらんとして部屋が寂しく見えることがあるし、不動産屋さんとの微妙な距離感が私も苦手だった。

けれど、Mさんはそうではなくて――「見た」、のだそうだ。霊感はないと彼は言い切るが、確かにそこには遺影があったのだという。

黒い縁取りの枠に入れられた写真。Mさんがそれを遺影だと思ったのは、かつて祖母の家の床の間に飾られていたものと似ていたから。

そのとき、Mさんが探していたのは首都圏のアパートである。築年数も古くはない方がよかった。生まれる前からある両親の戸建に住んでいたMさんは、当時若者らしい自分の城を探していた。

だからこそ、ひどく場違いにそれはフローリングの床に立てかけられていた。

営業の人はそれにはまったく気付かず、ただ青い顔をしたMさんに気づくと、具合が悪いのかと気遣った。結局、部屋をちゃんと見ることもできず、慌てて帰ったという。

その遺影が誰か、Mさんはわからない。確かにとても怖かったのに、何故か顔を覚えていない。

Mさんは、本来の条件にドンピシャだった物件を諦めた。

それだけではない。

「次に見た物件にも、同じものが置かれていたんです」

近くの家なのか——と尋ねた私の反応はごく当たり前のものだろう。

「いや、全然別のところです。結局、不動産屋さんと気まずくなってしまったので」

それなのに、遺影はまた床にあった。

Mさんは内覧がすっかり怖くなってしまったのだという。かといって内覧に行かないで、住んだらそれがあるのはもっと嫌だ。

それ以来、憧れはするもののMさんが一人暮らしをすることはなかった。


「幽霊じゃないし、怖くなかったですかね？」

「いえ、珍しいお話で嬉しいです。あっ、嬉しくていいのかな。結局Mさんは一人暮らししにくくなってしまったのに」

「いやいや、喜んでもらえたら嬉しいんですけど、でも……あれ？　そうか、それで僕は……」


——今もあの家に住んでて、もうきっと出ない気がします。

Mさんは家でおかしなものを見たことはない。
ご自宅は、古いけれど居心地のいい一軒家だという。

六月のお題「京都」【最恐賞】

殉職者

舘松 妙

明治時代、京都の某巨大水利事業、仮にB事業は日本人のみで完成されたことで意義深い近代化遺産だが、それゆえに払った犠牲、特に人的なものは大きかった。

中でも完成当時日本最長であった第一トンネルは、竪坑《シャフト》を使って掘削されたトンネルとしては、鉱山を除けば日本初であったが、想像を絶する難工事であった。過酷な重労働、出水事故などにより工事は難航した。さらにポンプ主任の自殺を発端として事故などで殉職者が多発した。病死者や下請けを含めない人数で十七人を数えた。現在××舟溜と呼ばれる施設横の公園に、B事業殉職者のための慰霊碑が建てられている。

知人に城山さんという壮年の男性がいた。若かりし頃はラグビーで鍛えたという仔牛のようなビジュアルだが、見た目からは想像できないほど繊細かつ心優しい教養人だった。

その城山さんが愛してやまぬ史跡こそがB事業であった。碩学《せきがく》は他にいてもこれほど「愛」を注いでいたという意味では城山さん以上の人は滅多にいないと思う。

三年前、城山さん引率の史跡ウォークに私も参加した。××舟溜で明治の技術力に感嘆する私達に、城山さんは「皆さんにはこうした史跡以上にもっと知っていただきたい場所があります」と告げ、すぐ近くの公園に移動した。

そこには慰霊碑と、質素な雨凌ぎの屋根だけの堂に置かれた石仏があった。城山さんは涙を浮かべながら竪坑工事の難儀を語り、皆に合掌を促した。無論、皆に否はない。各々頭を垂れ合掌した。最後に石仏の前に進み出た城山さんは誰より深く長く垂れている。

感無量で見ていたその時である。

石仏から城山さんに向かって無数の手が伸びていた。

恐怖で硬直した。しかしどうやら私の気のせいらしく、皆はお喋りに興じている。

少しでも石仏から離れたくて裏側に回った。すると今度は無数の顔面がボコボコ石肌から沸いているように見えた。

吐き気を覚えた。しかし、それよりも城山さんをここから引き剥がしたい一心で、「さあさあ次どこでしたっけ」と無礼にも声を掛けた。すると城山さんは私をチラッと見たが「もう少し待ってて」と拝み続けた。

後で特に怪異は起きていない。

ただ事実としてその日私は体調を崩してしまい夜から寝込んだ。そして二か月後に城山さんに突然進行性の癌が見つかり、手術と治療の甲斐なく一年足らずで亡くなられた。

六月のお題「京都」【佳作】

焼失

ツカサ

京都に住むTさんという男性からこんな話を聞いた。

Tさんの働いている会社は毎年、十二月の最終出勤日に社員総出で大掃除をするという決まりがある。

ある年、Tさんは四十代の女性社員と共に焼却係を務めた。

駐車場の隅に置いてある焼却炉で、集められた不要な書類をひたすら燃やしていくのが仕事だった。

それから年が明けて数日後、仕事始めの日。

一緒に焼却係をした女性社員が家族に連れられ出社して来た。

そして、申し訳なさそうにこんなことを言う。

「写真が見たいんですけど……」

話は大掃除をした日の夜に遡る。

家族の話によると彼女はその夜、行き先も告げずにふらりと家を出て行ったのだぞうだ。朝になってやっと帰って来た彼女にどこに行っていたのか聞いても、出かけていないと嘘をつく。

夜中にふらりと出かけて朝方ふらりと戻って来る。夜間の徘徊は休みの間中続いた。


ある日、行き先を特定してやろうと家族は彼女を尾行した。

家を出た彼女は心許ない足取りでしばらく歩き、会社にたどり着いた。それから裏手にある駐車場へと進み、焼却炉の前でやっと足を止めた。

そして、ぶつぶつと呟きながら焼却炉の周りをぐるぐる回っている。たまらず家族が声をかけた。

「何してるんや」

しかし聞こえていないのか、彼女は止まることなく歩き続ける。

もう一歩近づく。

「おい」

――写真……写真が見たいねん……

振り向いた彼女の眼はどこかぼんやりして、焦点が定まっていなかったという。

無理やり彼女の腕を取り、引きずるように家へと連れ帰った。夜が明けて彼女に聞いたところ、その写真というのは大掃除で他の書類と一緒に燃やしてしまったものだと言うのだ。

以来、夜になると無性に写真が見たくなる。

どうしてももう一度写真を見ないと気が済まない。

得体の知れない感情に突き動かされて、気がついたら焼却炉の周りを夜毎うろついているのだそうだ。

彼女が言うには、どこかの神社の鳥居の写真だそうだ。

Ｔさんたちは顔を見合わせた。

誰もそんな写真は知らないし、社長でさえ一度も見たことがないと言う。一緒に焼却炉係を務めたＴさんも「あの日は写真なんかあらへんかったけど」と首を捻った。

結局、写真についての手がかりは何もなかった。

彼女はそのうちぽつぽつと無断欠勤するようになり、とうとう半年後に会社を辞めてしまった。彼女が現在どこでどうしているのか、知る人はいない。

七月のお題「島」【最恐賞】

いちゃりばちょーでー

闇伽井尻

大学生三人が南へ旅行したときのこと。

船着場へ行くと次の便までやや余裕があった。簡素な待合所の壁には、これから渡る島は古くから神の島として畏敬されており、行き来の際は砂粒ひとつとして持ち去ってはならないという注意書きが、目立つ字でそこかしこに掲げてある。

待合所に退屈した三人は表で海を眺めることにした。

そこへ原付に乗った老人がやってきた。日に焼けた皺《しわ》くちゃ顔を人懐こく崩し「どこから来たの？」「学生さん？」などと声をかけてくる。三人が快く応じると、老人は手にしたレジ袋を差し出してきた。

見ると、モナカアイスが二つ入っている。

「三人で食べて。二つしかないけど」

遠慮すると、老人は「いちゃりばちょーでー」と言い、その方言の意味を教えてくれた。三人はお礼を述べ、アイスをわけあった。

そこへまた原付の老人があらわれた。先の老人と合流すると、彼らは連れ立って原付に乗り去っていった。待ち合わせをしていたらしい。きっと二人で食べるつもりでアイスを用意したのだろう。それを偶然居合わせた観光客にくれるとはなんと人の好い。感服していると船の時間になった。

島に渡り露天のレンタサイクル屋で自転車を選んでいると、そこへ一台の原付がやってきた。

この話を最初に聞かせてくれたＡさんは、一瞬先ほどの老人が来たのかと思ったそうだ。よく似ているがこの土地の人にありがちな顔といえば、そうかもしれない。老人はにこにこしつつも無言でＡさんにレジ袋を渡すと、原付に乗ってあっというまに島の奥へと去っていった。

袋の中身は先ほどと同じモナカアイス、ひとつだった。三人は訝りながらもそれを三等分し、食べたという。よくわからないが計三つのアイスを三人で食べたので、Ａさんは納得してしまったらしい。

一方Ｂさんによると二度目に手渡されたのは確かにモナカアイスだったが、それはアイスを食べ終えた後のゴミ屑だったそうだ。捻り潰された包みは溶けたアイスでべとべと汚れており、黒々とした蟻が無数にたかっていたという。

Ｃさんからも話を聞きたいが、果たせていない。Ｃさんは旅行後二人と疎遠になってしまい、大学にも全く姿を見せなくなってしまったのだ。

疎遠になった理由は、アイスのゴミを神の島から持ち帰るか否かで揉めたからだと、ここは二人の意見は一致している。Ｃさんは「ゴミは持ち帰って捨てるべき」と強く主張し、きちんと実行したそうだ。

七月のお題「島」【佳作】

えにずぁさぁ

緒方あきら

これは瀬戸内海の島々を旅行した友人に聞いた話である。

彼は特に計画を立てることもせずに、定期便で行き来できる島を気ままに行ったり来たりしていたらしい。

時には漁船に乗せてもらったりもして、行ける範囲の島はすべて回ろうと意気込んでいたのだという。

そんな島巡りの最中、ある島で突然豪雨に見舞われた。

非常に激しい雨であったが、友人は降りしきる雨以上に顔色を豹変させた島の住人達の様子に驚いたという。

「この世の終わりみたいな顔って言うのかな。もう皆、真っ青な顔をしてさ」

友人は近くにいた島の人に尋ねた。すると――

「強い通り雨にゃあ『えにずぁさぁ』がついてくる。あんたもしばらく島から出るな」

と言われたのだ。『えにずぁさぁ』という言葉が正確かどうかは自信がないらしい。なにせ島の人のなまりは凄かったし、村中大慌てで皆何を言っているのかさっぱりな状態だったのだ。

島の浜辺では『お焚ぎ』と呼ばれる大きなたき火が燃やされて、どの家の軒先にも山のような盛り塩がされた。一日に一本しかなかった船の運航も見合わされ、友人は島で足止めを食らうことになった。

「いつになったら船の運航は再開されますか？」

友人が尋ねると船員さんが眉間にしわを寄せた。

「次の雨が『えにずぁさぁ』を運んで行ってくれたら、いつでも再開するんだけど」

船員さんいわく『えにずぁさぁ』は通り雨についてくる良くないもので、島に居座るとそこで悪さをしていくのだという。子供が神隠しにあったり、人が急に狐憑きになったように狂ってしまったりするらしい。

『お焚ぎ』で雨を呼び海辺を清め、家々は塩を盛り『えにずぁさぁ』が入ってこれないようにする。そうして、次の雨が『えにずぁさぁ』を連れて行くのをじっと待つ。

友人は島で一軒の民宿で五日間を過ごすことになったという。

その間、村はピリピリしていたが、人が亡くなったり誰かがおかしくなるなんてことは起きなかったと言っていた。

「ただささ、ひとつ気になることがあるんだよ」

五日目の朝、友人が民宿の入り口を出ると玄関脇の皿にたっぷりと盛られていた塩に、黒い何かの跡がびっしりとついていたらしい。

「鳥の足跡でも虫でもない。あんなもの、初めて見たな」

そう言って友人は首を左右に振った。

彼はそれきり、島巡りをやめたらしい。今でも、友人は通り雨が大の苦手である。

八月のお題「猫」【最恐賞】

愛恨

ツカサ

今から数年前、香織さんは家族を日本に残し中国に単身赴任していた。

香織さんは四十代半ばだが、華奢で可憐な彼女は実年齢より随分若く見える。そのせいか、中国では多くの男性からアプローチを受けた。

「旦那に不満があったとかじゃないんだけど」

既婚者であることを隠し、何人かの男性と関係を持ってしまった。

浮気がバレて軟禁されたり、香織さんを巡り男性同士が流血沙汰の喧嘩をしたりといったトラブルもあったが、香織さんいわく、彼らとは「ライトな関係」だったそうだ。

そんな風に毎日を軽やかに過ごしていたある日。

自宅マンションのリビングで仕事をしていた香織さんがふと顔を上げると、外に女がいるのに気が付いた。

女は大の字のように手足を大きく広げ窓にべったりと貼り付き、何かを探すように目だけをギョロギョロと動かしている。

そして目が合った瞬間、女はその体勢のままずるずると下がって行った。

香織さんの部屋は八階。ベランダや足場になるような物はない。恐る恐る窓を開けて外を見たが、女の姿はどこにもなかった。

翌日、そのことを職場で話したところ、同僚から思いがけないことを言われた。

それは猫鬼《マオグイ》のせいだ、と。

猫鬼とは猫の霊を使って憎い相手に呪いをかける、古代中国の呪術だ。

数匹の猫を狭い檻に閉じ込め殺し合いをさせ、生き残った一匹を猫鬼として使役するという方法が広く知られている。現代ではかなり簡略化されていて、猫を殺すなどという残酷なことをせずとも呪いをかけられるという。

猫鬼に憑かれた人は猫のような顔になるそうだ。実は、香織さんの顔が時々猫に見えると職場で噂になっていた。

同僚は香織さんの部屋に現れた女の話を聞き、全ては猫鬼の仕業だと確信したようだ。猫鬼を使って部屋の中を覗いていたのだ、と。


「心当たりならたくさん……でも何となく彼だろうなって」


交際相手の一人に猫好きの男性がいた。激しく束縛する人で、香織さんを独占したいという気持ちの表れなのか、飼い猫にカオリと名付けていた。彼ならやりかねない。

だが、帰国すれば彼からも呪いからも解放されるだろうと軽く考えていた。

やがて任期を終えた香織さんは彼と連絡を絶ち、逃げるように日本へ戻った。

帰国した香織さんを待っていたのはご主人とお子さん、それから、一匹の猫だった。

香織さん不在の寂しさを埋めるためにご主人が貰ってきたそうだ。

猫の名前はカオリ。

「ねぇ、私を恨んでるのって、どっちだと思う？」

八月のお題「猫」【佳作】

猫靴

闕伽井尻

会社員Oさんの靴から猫の鳴き声がするという。

それはOさんが居ると時折猫が鳴く、という噂からはじまった。立ち話をしていると足元から「みうみう」とか細い声がする。或いはデスクの下から。会議に加わると皆の気が散ってしまいどうも話が進まない。しかし猫などどこにも見当たらない。

当の本人には聞こえず、周囲から指摘されるたびに首を傾げていた。そういえば道ばたや電車でもちくちくと視線を感じることが増えたような気がしていた。

もしや原因はこれだったのかと、合点がいったというのも妙な話だ。付け加えておくと、Oさんは猫を飼ったこともなければ特別猫好きというわけでもない。

Oさんのワンルームに友人が訪れ宅飲みをしていたとき、友人がしきりと玄関を気にしはじめた。

「猫飼ってたっけ?」

「ううん」

「じゃあお隣かな?」

「ここペット禁止」

「……迷い猫かも。ちょっと見てくる」

ドアを開けて廊下を確認するが、いない。しかも鳴き声はやはり玄関の内側から聞こえると友人は主張した。

猫好きを公言する友人は、狭い玄関に這い蹲り、呆れるOさんそっちのけで猫を探しはじめた。

そしてついに「この靴! ここから聞こえる!」と満面の笑みで叫んだ。靴に耳を押し込むようにして騒ぐ友人の姿が、Oさんには薄ら寒かった。

件の靴は特徴的なデザインが目を惹くOさんのお気に入りで、関西に拠点を置くとあるブランドが製造販売している。大量生産品ではなく、職人の手で丁寧につくられる。Oさんが入手したこのモデルは現在廃盤になっており復刻再販もされておらず、リペアを重ねて大切に履いているものだ。ゆえに猫が鳴く靴と言われても、気にせず愛用していた。

そんなOさんが先日ついにこの靴を棄てた。

「靴と猫がつながってしまったから」

だと言う。どういうわけかと訊くと。

沖縄県K諸島に属する離島へ旅行したのだという。猫の多い島だった。南国の猫たちののんびりした姿に、普段なら格別興味を持たないOさんも心和んだ。通りかかった商店裏に、ひときわたくさんの猫が集まっている。ボロ布を敷いた発泡スチロール製のトロ箱がいくつも積み重ねられており、さながら猫マンションといった様子だ。写真を撮ろうと近寄ると、見覚えのあるものが目に入った。寝そべる猫たちのしたで潰れているボロは、Oさんが履いているのと同じ靴だった。ざっと十数足。

ただそれだけ、だそうだ。

9月のお題「骨董品」【最恐賞】

継母

春南 灯

父の葬儀を終えて帰宅した翌朝、陽子さんの元へ宅配便が届いた。

差出人は、継母。

二十年ほど前、就職のため実家を離れた直後、母を自死に追いやり、初七日に実家へ入り込んできた女だ。

品名には、遺品と記されている。

不快だが、一応、中を検めなければ。

止む無く、べったりと貼られたガムテープを剥がした。

箱を開くと、見覚えのある古い桐箱と、その周囲に、父のものであろう薄汚れたネクタイが雑に丸めて詰められていた。

桐箱の中身は、曾祖母が嫁入りの際、生家から持たされた茶器が入っていたように記憶している。うろ覚えだが、陽子さんが小学生の頃、専門家の鑑定で江戸時代のものであることが判明し、高額の査定がついたと、今は亡き祖父母が喜んでいた。

箱を前に、沸々と怒りがこみ上げてきた。

あの女が触れたものなど、手元に置きたくない。

売ってしまおう、そう思い立った。

とりあえず、中の状態を確認しようと、蓋に手をかけたが固くて開かない。箱を壊してしまっては価値が下がると聞いたことがあった為、そのまま箱を携えて近所の商店街にある骨董品店へ向かった。

店に入ると、カウンターの横に三十代位の男性が座っていた。

蓋が開かない旨を伝え、査定を依頼すると、陽子さんは、勧められた椅子に腰掛け、スマホに視線を落とした。

カコン、と木の音が店内に響いた直後、男性が小さな悲鳴をあげた。

面をあげると、木箱の蓋を持ったまま立ち尽くしている。

「これ……無理です……」

震える声で呟くと、陽子さんへ木箱を差し出した。

箱の中を覗きこむと、茶器ではなく白っぽい欠片がぎっしりと詰められている。

「これ……骨、ですよね……」

男性が呟いた瞬間、

「ようこ……ようこ……」

女性の声が聞こえた。

店内を見回したが、他に誰もいない。

――もしかして……。

すぐさま、菩提寺へ納骨堂の確認を依頼すると、母の骨箱が無いとの報せがあった。

事情を話し、継母にはもう関わりたくない旨を伝えると、住職が空いていた納骨堂と骨箱を用意してくれて、その日のうちに遺骨を納めた。

骨箱を前に手を合わせていると、ことり、小さな音がして、再び、陽子さんを呼ぶ懐かしい声が聴こえたそうだ。

継母は半年後、実家の裏庭で自ら命を絶ったという。

陽子さんの母と、同じ方法で。

九月のお題「骨董品」【佳作】

上に伸びる

鳴崎朝寝

あかりさんが小さい頃、夜中にお手洗いに起きると居間で両親が見知らぬ男性と話をしていた。男性は背中しか見えなかったが、皺《しわ》くちゃのスーツを着ていた。深刻そうだったので、あかりさんはそのままそっと自分の部屋に帰った。

その日を境に、ひとつの掛け軸があかりさんの両親が経営する美容室に飾られた。

全然似合わない、とあかりさんは思ったそうだ。

美容室は洋風で、壁にはミュシャ風の絵が描かれていた。その隣に首が長い老人の描かれた掛け軸がかけられている。

「頭が長い」寿老人では、と聞くと、違うという。

「頭じゃなくて首が長いの」

「ろくろ首みたいに？」

「いや、まっすぐ上に」


それは首吊り死体みたいで嫌だな、とあかりさんは思った。

首の長い老人は何やらにやけていた。それも彼女の気に障った。


「あれ、ずっとかけるの？」

あかりさんが聞くと母親は
「一カ月だけだからね、我慢して」

と答えた。

幼いあかりさんに伝えられた情報はそれくらいだった。

が、その一カ月の間は、いろいろと「おかしかった」のだという。

まず、当時美容室にお客は多くなかったのに、両親の羽振りがやけによかった。あの男性にお金を貰ったのではとあかりさんは思った。あかりさんと妹も、欲しかったおもちゃを買ってもらった。

一方、二軒隣の高校生が受験に失敗して自殺し、父親が使っていた近くの駐車場でも自殺があった。母と駅前に買い物に行ったときには、自転車が撥ねられる事故をあかりさんも目の前で見た。

両親はその他に二度ほど喪服を着て出かけた。

それが、一カ月の中で起こった。

どれも直接あかりさんの家族に関係ない不幸だ。高校生の受験結果など特に。

けれど、気のせいかもしれないけど、と前置きしてあかりさんは言った。

「そのたびに絵の中の笑顔が露骨になってくように見えた」

最後は口角が耳のほうまで上がった、嫌な笑顔だったそうだ。

一カ月が終わると、約束どおり絵は外されていた。

周りの不幸の連鎖は、始まったときと同じように唐突に終わった。

この話を私にした数日後、あかりさんは「自分でも気になって」と家族に改めてその話を聞いたそうだ。

両親は前後をあまり話したがらなかった。だが、両親も妹も「描かれていたのは老人ではなく、下手な魚だった」と主張する。

あの夜、客の顔を見ていなくてよかった、とあかりさんは言う。

皺くちゃのスーツを着たのは、小柄な老人の背に見えたそうだ。

十月のお題「山・川」【最恐賞&投稿部門大賞】

骨

ふうらい牡丹

子供の頃、夏休みに田舎の祖父母の家に帰省するのが待ち遠しかった。

一人っ子の私にとって、同年代の従弟や親戚の子供たちと過ごせる日々が楽しみだったのである。中でも皆で近くの川に遊びに行くのが好きだった。そこは水が透明で魚も多く、一日中過ごしても飽きない場所だった。

小学五年生の夏のことである。その日も昼から川遊びをしていた。河原で遊ぶ皆から離れ、対岸の淀みを一人で泳いでいたとき、川底で何かの動物の骨を見つけた。鈍く白く光っているようなその骨は、猪だか犬だかの頭の骨だったと思う。とにかく大きく見えた。

潜れない深さではない。ただ、初めて目にするその白い頭骨の存在に畏れを抱き、潜って近寄ることはせずに表層から暫く見入っていた。水面から出た自分の背に強い陽射しを感じてふと顔を上げると、対岸の河原で遊ぶ子供らの姿が遠く見え、すぐに皆のもとへ泳いで向かった。

骨のことは誰にも言わなかった。

その日の夜は、あの骨の動物はいつどこで死んで、骨になったのだろうという思いが頭に浮かび続けて、中々寝つけなかった。

翌年の夏、川に着いてすぐその骨のあった淀みへ泳いだ。記憶と同じ場所に変わらずその骨は沈んでいた。しかしあのとき目についた白さはなくなり、苔に覆われ、周りの石との境も曖昧になっていた。昨年の記憶がなければそこに骨があると認識できなかっただろう。

では、昨年見たときはまだ死んで間もなかったのか——。

泳ぎながらそんなことを思い、ふと今度は川底まで潜ってその頭骨に指先で触れた。一瞬だったが川底の石よりも触り心地は良かったように思う。

この次の年、中学生になってからは、夏に祖父母の家に行くこともなくなり、そこで遊んだ親戚の子たちと会う機会もなくなってしまった。

が、最近久々にそこで遊んでいた従弟と会う機会があり、なんとなしにその骨の話をすると、「あの猪の骨かあ」と言う。

なぜ知ってるのかと尋ねた私を訝しみ、彼は話を続けた。

曰く、最初の夏、対岸から青ざめた表情で泳いできた私から骨の話を聞いた彼はすぐにそれを拾いに行き、河原で得意げに皆に見せたらしい。もちろん私にも。

「そんでさ、なんでこのこと覚えてるかって、その次の年にお前があの淀みで溺れかけてさ、それ見て、ああ、こうやってあの去年の骨みたいになるんだなって思ったからなんだよね」

冗談っぽく話す彼の顔を見ながら、溺れたことも覚えていない自分の記憶が、朽ちていくように感じた。

十月のお題「山・川」【佳作】

前世

舘松妙

大学四年の春。所属していた体育会系クラブの部室で、その日の練習には授業で参加できなかった居残り組の二人、私と石崎君はお喋りに興じていた。

石崎君とは同学年で普段は挨拶くらいの仲間だが、打ち解けた勢いで、私の先祖は彼と同じ北陸の某県出身だと話した。

その時の石崎君の嬉しそうな顔を今も忘れられない。思い出すと、正直な気持ち怖い。

「やっぱり、そうだった！　夢や幻じゃなかったんだ！」と彼は声をあげてはしゃぎ、訝《いぶか》る私に説明を始めた。

子供の頃から夢の中で決まって訪れる場所がある。

それは山中にある草木に埋もれた城の跡で、実家がある集落から見渡せる四方の山々の何処かに違いない。

自分は前世そこで暮らしていたのだ。

以前は夢で城跡に行くだけだったのが、最近は夜以外、昼間でも魂が抜けるような感覚が度々あり、上から城に居る前世の自分を見ている。

つまり、彼はその時代にワープしていたことになる。

「それでさ、なんで俺がこんなに嬉しいかというと……」

お前もそこにいるんだよ。なんとなく俺の身内とか奥さんとかじゃないようだし、どちらの身分が上なのかもわからないけど、あれは確かに前世のお前なんだ。

夢で城跡に行ってることは誰にも話してない。家族にも友達にも彼女にも。頭がおかしくなったと思われるのがオチだから。でも、ずっとお前にだけは話したかったんだ。今日お前と居残りしたおかげで話せて、本当に良かった！

「俺さ、死んだらあの城跡に行くんだよ。間違いない」

まるで楽しみにしているかのような口ぶりが少し気味悪くなり、私は「何十年も先でしょ」と言って話を収めたのだった。

三か月後の夏休み直前、石崎君は交通事故で亡くなった。帰省から下宿に戻る途中、彼の車が居眠り運転のトラックに追突されての悲運の事故だった。

クラブ全員で貸切バスに乗り込み、彼の実家のある集落へ行き葬儀に参列した。彼が言っていたとおり集落を取り囲むように山々がめぐる土地。山々の幾つかに戦国時代の城跡が残っていて、そのどれかが自分の行く城跡だと石崎君は言っていた。

四十九日まではまだ此処に魂が……と葬儀を終えた後、お坊さまが話していたが私は確信していた。既に石崎君は家を離れ、この山々のどこかに居るのだと。

彼はあの日最後に言った。

「お前も来るよ。必ずね」

私は夢で城跡を見たことが無い。だが見る日が来たら、それは、そういうことなのかもしれない。

第6章
稲川淳二の怪談がたり

稲川淳二氏の特別寄稿となる「さまよう人形」は、1990年代半ば頃、初期の傑作である。今もなお本人が気に入っているという怪談でもあり、自身が怪異に襲われる話でもある。

『稲川淳二の超こわい話1』（バンダイビジュアルVHS）に収録されていて、当時のタイトルは『先住者』。

稲川淳二（いながわ・じゅんじ）

1947年渋谷区恵比寿生まれ。タレント・工業デザイナー・怪談家。書籍、DVD、CD等の商品やグッズも多数発売されている。また、ミステリーナイトツアー「稲川淳二の怪談ナイト」は2018年に怒涛の26年連続公演を記録。

さまよう人形

私の友達でデザインやるのがいるんですよ。もちろん、私もねえ、ご存じの方はご存じだけど、デザインやるんですよ。デザイナーですからね。

その時にたまたまそいつが、横浜のほうで定期的な仕事があるからって言って、近場のアパートなんかを探すことになった。というのは、家まで帰ったっていいんだけど、通勤時間がたいへんだと。

横浜に住むのかと思ったら、小田急線のねえ、千歳船橋、そこにアパートを借りたんですよ。それも珍しく、学生時代のアパートのようなの、借りたんだ。

で――――たまたま、

「いつヒマ？」

って言うから、ヒマな時、伝えたら、

「その日、みんなで集まらないか?」

って言う。あの、引っ越し、手伝ってくれない? って。〝たいがいにしてくれよ〟と思ったんだけど、まあ会いたいじゃないですか、たまには。

行ったんですよ。もう何年も前の話ですけど。

そいつと、友達の私ら男三人、計四人の男が引っ越しやった。引っ越しといっても簡単だ。図面の板と、包み、それに絵の具を運ぶくらいですからね。

簡単に言えば、リヤカー一台で足りるぐらいのもん。そんなに難しい問題じゃない。つまり会って飲もうよってことでね、引っ越しの手伝いは口実で、集まった。学生時代思い出してね。あそこらへん、思い出ありますし、懐かしいからね。

引っ越しがすんで、〝ちょっと散歩に行こうや〟と、周囲を探検がてら歩いた。神社なんかあって、みんなで少し遊んだ。〝おまえ、神社で遊ぶとバチ当たるぞ〟なんて言ったりして。ガキですよ、まったく。ワンワン盛り上がっていった。

盛り上がって、帰ってきて、そこでビールなんか飲んで、で――――私は帰るよ、そろそろって。そしたら、

「なんだよ、帰るのかよ。泊まっていけよ」

と、彼。

「やだよ、泊まっていかないよ」

あとの二人は泊まってゆくと。

「水くさいな。おまえも泊まっていけよ」

「馬鹿言うんじゃないよ、こう見えても、俺は芸能人なんだよ。芸能人はそんなヒマじゃないんだから、俺帰るよ」

って言ったら、

「ああ、そう」

なんて。帰るよ、じゃあ、って言って、帰っちゃった、私は。

ところが、そん時、後の二人は泊まった。その片方のヤツなんだけど、一週間ぐらい経ってから、その頃、私、荻窪のほうで店やってたんで、たまたまそこに行って、彼と会ったんだ。あんまり自分の店、行くことないんだけどね。

で――――会った。そいつ、言うんですよ、

「おい、あいつんとこだけどなあ、おかしいことがあったんだよ」

って。なにがあった？　って聞いたら……、朝方、自分だけが遅いから寝てた。前

の日、かなり飲んだし。れいの、引っ越した次の日ですよね。二人は、〝先に出るから、寝てろよ。後で適当に帰れよな〟と。鍵もそのまんまだし、金目のものもないし。〝うん、わかった〟と。それで、二人は出ていった。彼、面倒だし眠かったので、〝いってらっしゃい〟とも言わなかった。

それで――しばらくしたら、ドアが開いた。

ギィ――

と開いて、どん！　と閉まった。

〝なんだあいつ、忘れもんか〟

そしたら、部屋の中、ぐるぐるぐるぐるぐるぐる回って歩く。なんだか知らないけど、自分の上をまたぐ。そのうち、頭のところ、枕元でもって、しゃがみ込んじゃう。どうやら、一服してるらしい。忘れもんして急いでるはずなのに、こいついったいなにしてるんだろう、と彼思った。でも、ま、いっか、と思って寝ていた。そのまま。

そのうち、出ていきかけたんで、さすがに悪いから、自分も起きて、〝いってらっしゃい〟って、ドアんとこ行って、声かけようとしたら、

――誰もいない。

誰も、戻っていなかったらしいんだ。後で聞いたら、部屋には戻らなかったって二人とも言う。

「でも、おかしい、確かに俺、聞いたんだよな。ぐるぐる回ったり、座り込んだりしたヤツがいたんだから……」

それ聞いて私、ちょっと気になったんで、

「その話、あいつには言わないほうがいいよ。怖がるからな」

「ああ――、言わない言わない」


それからねえ、一か月ぐらいしてからか、もう一人の泊まったヤツ、こいつは彼のうちに頻繁に行ってる。そいつが、私に会うなり、言うんですよ。

「おかしいぜ、あいつんち」

「なんで?」

「あのアパートだよ」

前に、私、聞いてるから、もう一人から。面白いから、とぼけて〝なにがあったん

だよ〟って聞いたら、

「いやあ――この間、あいつんちに泊まったんだよ。で、あいつ、先に出るからって言うんで、俺、寝てたんだよな。出かけてからしばらくしたらさ、またドアが開くんだよ。で、部屋の中ぐるぐるぐるぐる回って歩いてるから、あいつなに探してんだろうと思って。

そのうち、俺の枕元にしゃがみ込んじゃって、タバコ吸ってるらしいから、俺も、なにやってんだって思って、お前、なにやってんだよって起きたら――、だ――れもいないんだよ――。

確かに、部屋ん中、回って、歩きまわっていたんだよ――」

私、〝へーえ〟と。

「お前、その話、あいつに言った?」

って聞いたら、

「言ってない」

「じゃ、言わないほうがいいよ、あいつ怖がりだから」

って。〝そうだな、言わないほうがいいよな〟ってそいつも言った。

――そんなこんながあって、また少し日が経ってから四人で会ったんですよ、たまたま。

飲みながら、盛り上がって、いろんな話してる時に、よせばいいのに、一番最初に体験したヤツが、言い出したんです。

「俺さあ、この間、いやあな体験しちゃってさ――、部屋ん中を………」

話しちゃった。そしたら二番目に体験したヤツも、彼に
「お前、そんなことあったの！　俺もなんだよ！　部屋ん中ぐるぐるぐるぐる回ってさ、頭んとこにしゃがみ込むヤツがいて……」

よせばいいのに、言っちゃった。そしたら――当の――そのアパートの住人が、それ、自分んちの話だとは思わないから、

「あ、そう、俺んちもあったんだよ。気のせいかもしんないけど、俺がこの前借りたあの部屋、朝方、寝てたら、誰かが入ってきてさ。ぐるぐるぐるぐる、ぐるぐるぐるぐる部屋ん中回って歩いてたんだよ。

なに探してんのかなと思ったら、そのうちしゃがみ込んで、起きたら、――誰もいないんだ――」

そしたら、あとの二人が、

「馬鹿！　おまえ。今、俺たちが言った話な、おまえの部屋の話なんだよ！」

そしたら、彼、へえ――って、もうびっくりしちゃって、自分は冗談半分で言ったけど、二人にマジで言われたから、

「マジでホントかよ」

「本当だよ」


――――


「もうそんな家、帰れないよ。冗談じゃないよ」

彼、もう恐怖になって、

「家に見にきてくんない？」

って。でも三人が三人とも行ったんじゃあ、いい大人ですからねえ。でも、彼、あんまり深刻そうだから、しょうがない、

「……よし、……行ってやるよ」

で――行った、彼と我々三人の計四人で、彼の家に――。

すぐ行くわけじゃあないから、仕事の合間ぬって行った。しかも昼間。

不思議なんだよねえ――――。引っ越しした時は、全然そんなの感じなかったんだけど、やけに、寒いんだ――。

懐かしい、下宿を思わせるような、アパートだったのに……。ところが、あらためて行ったら、昼間なのに、やけに寒いんだよね、部屋ん中が――――。

ピシッ――――としてる。暗くて。

「うわあ――寒いな、気持ち悪いな」

さすがの私も、思った。見れば――――、中は、広さ、一間ですから、たいした部屋じゃない。ちっちゃなお勝手があるぐらい。昔風のアパートで、なんてことないアパート。で、置いてあるものと言えば、ヤツの図面台とか、絵の具類だけですよ。後はなにもないんだから。見たら、洋服ダンスが一さお、家具らしくあったんで、

「お前、これ、洋服ダンス、どうしたの？」

って。新しくもないし、〝どうした、これ？〟って聞いたら、

「あったんだよ」

「いつ？」

「引っ越しした時からあったじゃない」

「嘘だよ！」

「あったあった、あったんだよ」

こっちは運んだ覚えがないですから。なんで？って聞いたら、

「いや、違うんだ。大家さんがさあ、よかったら使ってくれって言うんで、最初から置いてあったんだよ。初めっから」

「……あったっけかな——こんな洋服ダンス——」

でも、考えれば、おかしな話なんだ。洋服ダンスなんか置いていくヤツ、いないものね、普通。それで、離れて、見たら、洋服ダンスの、向こう側に、敷居みたいなものが見えるじゃないか——。造りが、変だ——。絶対なんか、この奥にある、と思った。扉かなんか、絶対ある——。

「おい、これな、裏になんか絶対あるぞ」

って、私。そしたら、みんな、一瞬、緊張して——。タンスどかそう、という話になった。中には、そんなに物、入ってませんから。四人で、えっちらおっちらと、どかしたんですよ——。

そしたら、ちょうどタンスと同じ横幅で、押し入れが、あったんですよ……。空気が異様に張りつめていて、バンと破裂しそうなぐらいだった、空気が。みんな黙っちゃった、その瞬間に。なんにも言わない、私も言わない。みんなも言わない。みんなだま――ってる。要するになにかが起きるかもしれないから、黙っちゃった。なんにも言えない。

ただ、やたらと空気が張ってて、指でつっと、つっついたら、パーン！　と破裂しそうなほど、空気が張ってたんだ――――。寒いんですよ。空気張ってて。しょうがなく、三人でじ――っとその押し入れの戸、見てた。当の住んでる本人も、なんとも言えない顔して、見てる。じ――――っと。なんかある――――。

そしたら、一人がすったすったすったすった歩き出して、ふいに押し入れの前に行って、把手握って、開けようとした。

〝おい、やめろよ〟

と言おうとしたんだけど、その時に、見えたと言えば見えたんだけど、霧のようなものが、空気の流れみたいなのが、シャ――――ッと、本当に押し入れの戸の間から、見えたんですよ。

——やだな——、これ、開けちゃあまずいな、と思った。

そしたら、そいつが何の気もなく、本当にごく自然に何気なく、把手つかんで開けたんだ。

バッ！

と開けた瞬間、うむっ、と、見たら、そいつが、
わあああ————————！

大きな声で、

「子供！　子供！　子供！　ああうあああぁ————————」

あまりのけんまくでこっちもびっくりしちゃって、大の大人がひっくり返って、涙浮かべて、子供！　子供！　子供！　子供！って叫んでるんだ————。

ああ————、私たち、彼の頭越しに、中をひょいっ、と見たら、

…………

中、真っ暗な押し入れ、二段の。その真っ暗空間の奥に、子供がしゃがんで、こっち、見ていた。

――――ぶっ飛んだね――――。

凍った、みんな……。

でも、そんな馬鹿なことない、子供がいるなんて。で、しばらく経ってからもう一度戻って見たんだ。よく見たら――小さな、小さな人形だった。手で作ったような。でも、その時は、開けた時には、確かに大きな子供が座っているのが、見えたんだ――暗闇の中で。真っ暗な押し入れの中で。

「おい――これ、なんだよ」

だいたいおかしいじゃないか、押し入れの前に洋服ダンスを置いといて、その中に人形があるなんて。これ、なんだろう……。でも大家さんに聞いても、たぶんダメだろうから、

「お前、不動産屋さんはどこ？」

聞いたら、

「駅の近くだよ」

で――みんなで行ったんですよ。その人形持って。手で縫ったような人形。お店にはおばちゃんがいて、

「実は、今、押し入れを掃除していたら、こんなものが見つかって、ひょっとしたら前の方のものかもしれないんで、持ってきたんですが」

そしたら、おばちゃん、

「ああ、覚えてるわよ!」

おばちゃん、手を打って、

「あそこに以前いたのは、洋裁学校へ行ってるお嬢ちゃんだったんですよ。それで自分で作った服着ながら、一緒に作ったその人形持って歩いてたの、知ってる。とっても、いい娘だったんだけど」

「はあ――」

「それが、三か月ぐらい前に親が来て、〝ちょっとしばらくの間、実家のほうに帰るけど、また戻ってきますから、部屋そのまんまにして置いて下さい〟って、帰ってたのよ」

「そうですか」

「それで一か月半ぐらい前に、お母さんだけがまた来て、〝部屋がいらなくなりましたから〟って言うのよ。……ということは……、もしかしたら……」

と、おばちゃん。

三か月ぐらい前に田舎に行って、一か月半ぐらい前に部屋がいらなくなりました、というのは、お嬢ちゃん、病気だったんでしょう――。で――亡くなったんでしょうねえ……帰ってこないんだから。

〝ああ、そうだったのか〟

「この人形、返してあげて下さい」

おばちゃんに渡したら、わかりました、って預かってくれた。四人、それで家に戻った。

「こういうこともあるんだなあ」

そうだな――と、さっきまで入るのいやだったけど、少し落ち着いて、みんなでそこでちょっとビールを飲んで、今日は泊まらないでみんな引き上げようか、ってんで、引き上げた。

帰り道、みんなでとっことっことっことっこ、歩いてた。そん時、私、

「じゃあ、あの時、ぐるぐるぐるぐる回ってたというのは、女の子が、きっと人形を探してたんだねえ――」

言ったら、一人が、

「いや、俺、違うような気がする」

って。なんで？

「オレ、どうも、部屋ん中ぐるぐるぐるぐる回ってたのは、あの人形だったような気がするんだよ」

って言うんだ。そしたら、後の二人も、

「うん——俺も、あれ、そうだな——人形だと思う」

「なんで人形だと思うんだ？」

私が聞くと、三人とも、

「なんだかわからないけれど、なんにしろ部屋ん中ぐるぐるぐるぐる回っていたのは、あれ、きっと、人形なんだよ……」

って。三人が三人とも、そう言うんです……。

人形が、女の子を探してたんですかねぇ……。

伊山亮吉（いやま・りょうきち）

神奈川県出身。お笑いコンビ「風来坊」のツッコミ担当。よしもとクリエイティブ・エージェンシー所属。怪談ライブBerスリラーナイト歌舞伎町ではりょう吉という名で出演。心霊スポットへ数多く訪れ、自らの体験談を中心とした実話を数多くもつ。

山口綾子（やまぐち・あやこ）

石川県出身。女流怪談師。株式会社太田プロダクション所属。怪談ライブバースリラーナイト歌舞伎町勤務。女流怪談師としての活動を中心にアニメの脚本を手掛けたり声の出演をするなど他分野でも活動中。

松原タニシ（まつばら・たにし）

兵庫県出身。松竹芸能所属。事故物件住みます芸人。自身の恐怖体験を纏めた『事故物件怪談 恐い間取り』（二見書房）がベストセラーに。テレビ番組「北野誠のおまえら行くな。」レギュラー出演中。

響 洋平（ひびき・ようへい）

クラブDJ／ターンテーブリストの傍ら、実話怪談蒐集家としてクラブ怪談イベント「アンダーグラウンド怪談レジスタンス」「渋谷怪談会」「恵比寿怪談会」等をプロデュースする他、オカルト系トークライブ、TV番組、映像作品への出演等、その活動は多岐に渡る。

いたこ28号（いたこ・にじゅうはちごう）

大阪府出身。自称怪談ソムリエ、又はガチ怪談からエロ怪談まで何でもありな怪談バーリトゥーダー。数々の怪談ライブ、怪談イベントで活躍。

あみ（あみ）

山口県出身。怪談家、MC、作家、脚本、演出等を手掛けるマルチ芸人。よしもとクリエイティブ・エージェンシー所属、お笑いコンビ「ありがとう」のボケ&ツッコミ担当。稲川淳二の怪談グランプリ2016優勝。YouTube「怪談ぁみ語」毎週月金更新中。

三木大雲（みき・だいうん）

京都府出身。日蓮宗蓮久寺の第三十八代住職。怪談和尚。『怪談グランプリ2014』優勝。同、二〇一〇年と二〇一三年は準優勝。著書に『怪談和尚の京都怪奇譚』（文春文庫）など。

桜 金造（さくら・きんぞう）

広島県出身。コメディアン、俳優。九〇年代から怪談タレントとして活躍。怪談界をリードしてきたレジェンドでもある。

春南灯（はるな・あかり）
北海道旭川市生まれ、札幌市在住。怪談イベント・雑談怪談主宰。自身の体験談を綴った「帰還」にて、第七回「幽」怪談実話コンテスト佳作入選。共著に『百物語サカサノロイ』。

舘松 妙（たてまつ・たえ）
京都市生まれ。京都検定1級合格。子どもの頃から古墳が好き。現在は、複数の大学で仕事をこなし、宗教・歴史を幅広く調査研究。趣味は温泉や史跡めぐり。『前世』に繋がる城跡に辿り着ける日を夢みている。

鳴崎朝寝（なるさき・あさね）
引っ越すたびに住所に四がつきやすい夜型。極度の怖がりなため、自分に怖いことは一度も起こっていないとずっと信じている。聞いたお話を丁寧に書きたい。

閼伽井尻（あかいしり）
別名、赤い尻。京都府生まれ。二〇一七年、「前回」が第二回大阪てのひら怪談で佳作となる（赤い尻名義）。

ツカサ（つかさ）
外国で働きながら様々な国の怪談を蒐集している。アメリカ、フィリピン、シンガポール、ロシアなど、これまでに計十三ヶ国の怪談を聞き集める。現在は中国在住。

緒方あきら（おがた・あきら）
短編小説やシナリオを書くライター。趣味はB級映画鑑賞。

ふうらい牡丹（ふうらいぼたん）
いま生きている不確かさが何処から生まれてくるのか解らない、そんな怖さを日々感じています。その怖さを和らげるため、何か言葉にしたいです。

稲川淳二の怪談冬フェス
～幽宴二〇一八

2019年1月4日　初版第1刷発行

著者　稲川淳二　ほか著
発行人　後藤明信
発行所　株式会社 竹書房
〒102-0072 東京都千代田区飯田橋2-7-3
電話03(3264)1576(代表)
電話03(3234)6208(編集)
http://www.takeshobo.co.jp
印刷所　中央精版印刷株式会社

定価はカバーに表示しています。
落丁·乱丁本の場合は竹書房までお問い合わせください。

ISBN978-4-8019-1706-4 C0193